LA FILLE DE WASHINGTON

CH. DE BATZ-TRENQUELLÉON

LA FILLE

DE

WASHINGTON

Drame historique en cinq actes.

BORDEAUX

IMPRIMERIE ADRIEN BOUSSIN, 20, RUE GOUVION

1878

Personnages :

Georges WASHINGTON, général en chef de l'armée américaine.

RICHARD.

Le Marquis de LAFAYETTE.

ARNOLD, général américain.

GREEN.

BRUSHOP.

JOTHAM.

Un Général.

Un Colonel.

Martha WASHINGTON.

ELLEN.

SARA.

Officiers, Soldats, Laquais.

Le premier et le cinquième acte se passent à Mount-Vernon ; le deuxième, le troisième et le quatrième, au quartier-général de White-Plains.
(1780-1784)

———

LA FILLE

DE WASHINGTON.

ACTE Ier

A Mount-Vernon, domaine de Washington. — Un grand salon confortable, mais sans luxe. — Une porte et deux fenêtres au fond, laissant voir une terrasse, par dessus laquelle on aperçoit le paysage.— A droite et à gauche, une issue apparente. — La cheminée à droite. — Vis-à-vis la cheminée, mais bien en vue, un métier à tapisserie. — A gauche, au premier plan, une table. — A l'extrême droite, un guéridon avec un échiquier.

Au lever du rideau, Sara, accoudée à la table, à gauche, tient un livre; Martha travaille au métier; Ellen, debout vers le fond et légèrement appuyée au dossier d'un fauteuil, rêve en regardant la campagne; Green et Lafayette, le premier à gauche, l'autre à droite du guéridon, jouent aux échecs. — C'est le matin.

SCÈNE I.

SARA, ELLEN, MARTHA, GREEN, LAFAYETTE.

SARA, levant les yeux et avec enthousiasme.

Voilà enfin des gentilshommes, des chevaliers, des héros comme on les rêve !...

Personne ne bouge. — Elle reprend sa lecture.

LAFAYETTE, avançant une pièce, à Green.

Major Green, prenez garde à votre reine !...

GREEN, tournant la tête du côté de Sara ; à part.

Est-ce une allusion ?...

SARA, ravie.

Ah ! c'est admirable !...

ELLEN, venant lentement en scène.

Quel est donc ce beau livre, Sara ?

SARA.

Un de ceux que notre hôte, monsieur de Marsan (coup d'œil à Lafayette, qui salue, Green faisant la grimace), a bien voulu me prêter, et qui me font remercier le ciel de connaître la langue française : *Le Trésor de la galanterie*, par le chevalier de Saint-Amour.

Elle reprend sa lecture.—Ellen sourit et remonte vers Martha.

GREEN, raillant, à Lafayette.

Vous avez beaucoup de ces petits livres, Monsieur ?

LAFAYETTE.

J'en ai même à votre disposition.

GREEN, sèchement.

Je ne connais pas la langue française !

LAFAYETTE.

Tant pis... pour elle !

GREEN, sarcastique.

Une ingénieuse idée que d'apporter de
France cette galante pacotille !...Ce n'est pas
votre illustre compatriote, monsieur de Lafayette,qui s'en serait avisé !... Mais qu'est-
ce que monsieur de Lafayette ?... Un vaillant général, tout au plus ; un grand homme, tout bêtement !... Je ne l'ai jamais vu,
vous le connaissez, sans doute ?...

Ellen et Martha échangent un coup d'œil expressif.

LAFAYETTE, vivement.

Pardon ! si vous vouliez jouer !...

Green cligne de l'œil en souriant et se remet au
jeu.

SARA.

Oh ! tenez, Ellen... je m'en veux presque
d'avoir seule le plaisir de cette lecture !...
Ecoutez ! — (Lisant avec sentiment.) — « Et
» la belle Diane, immobile sur son balcon,
» voulut assister au combat. Avant d'en ve-
» nir aux mains, les deux rivaux s'inclinè-
» rent courtoisement devant leur dame,qui,
» à ce moment suprême, discernait à peine
» celui pour qui son cœur faisait des
» vœux !... »

GREEN.

Eh! mais, la belle Diane n'était, en somme, qu'une détestable coquette !...

Sara hausse les épaules.

LAFAYETTE, poussant une pièce.

Prenez garde à votre reine !...

GREEN.

Encore !...

SARA.

Qu'en dites-vous, Ellen ?

ELLEN, souriant.

C'est bien raffiné pour une Américaine, pour une humble châtelaine de Mount-Vernon...

SARA, dépitée et laissant le livre.

Oh ! vous, belle cousine, vous n'aimez que votre pays !...

GREEN.

Eh bien ! est-ce qu'on peut trop aimer son pays ?...

LAFAYETTE, enlevant une pièce.

Votre reine est prise ! je vous avais averti !

GREEN.

Ah ! diable!...

SARA, se levant et répondant à Green.

Il en est des pays comme des gens : on
ne les aime qu'autant qu'ils sont aimables.

LAFAYETTE, à Green.

A vous !...

GREEN, croyant à une allusion.

Comment ! à moi !...

LAFAYETTE.

Vous ne jouez pas !...

GREEN.

Ah ! bien ! j'avais cru... — (Il joue.)

MARTHA, avec douceur.

Sara, on doit toujours aimer son pays,
même et surtout quand il est malheureux !

SARA.

Malheureux... par sa faute ! Quel besoin
avaient donc les colonies de se révolter
contre la métropole ?

Martha fait un mouvement comme pour répondre.

Oh ! oui, je sais : elles n'ont pas voulu
subir quelques impôts insignifiants...

6

ELLEN, étonnée.

Insignifiants ?...

SARA.

Et qu'elles paieront tôt ou tard.

ELLEN, avec fermeté.

Jamais !

Martha abandonne sa tapisserie et suit la scène
avec un intérêt croissant.

SARA.

Et comme il est agréable de passer sa vie
au milieu de ces interminables querelles !...
Notre pays commençait à se civiliser ; les
hommes apprenaient la courtoisie, les bonnes manières ; les femmes échangeaient les
chambres et les toilettes de ferme contre
l'élégance des salons ; enfin, nous allions
posséder une société à nous, des mœurs po-
lies, quelques-unes de ces délicatesses...
que je cherche dans les livres de l'ancien
monde... — Ah ! oui !... Messieurs les Vir-
giniens se montent la tête, s'imaginent que
tout est perdu s'ils acceptent les nouvelles
taxes imposées par l'Angleterre ; leur résis-
tance trouve des imitateurs ; la plupart des
colonies s'insurgent ; on se massacre, tous
les jours, depuis neuf ans ; partout la dé-
vastation et le pillage ; le domaine que

m'avait laissé mon père a été vingt fois ravagé, — adieu ma dot ! — les hommes ne savent plus que se battre, — adieu les maris ! Et voilà le paradis terrestre que nous a créé votre bienheureuse révolution !...

ELLEN, avec calme.

Si elle n'était pas juste, cette révolution, le général Washington n'aurait pas combattu pour elle. Et, croyez-moi, Sara, si, au lieu de lire vos merveilleuses légendes, dont je suis loin de médire, vous aviez entendu les récits de mon père — (coup d'œil attendri à Martha) — car le général veut que je lui donne ce nom, — vous eussiez bientôt partagé ses convictions et mon enthousiasme. — (S'animant). — Je n'étais qu'une enfant, et pourtant, lorsqu'il rappelait à ma mère les premières luttes de l'armée américaine, lorsqu'il expliquait les causes et montrait le but de ce grand mouvement, mon cœur battait, mon faible esprit s'éclairait de subites lueurs ; je comprenais tout, je sentais que, s'il est doux de vivre dans la paix et l'abondance, il est plus beau de lutter, de souffrir, de mourir même, pour l'honneur et l'indépendance de son pays !

Pendant qu'Ellen parle, Martha écoute avec recueillement ; Green est enthousiasmé ; Sara, un peu déconcertée; Lafayette médite, faisant face au public.

GREEN, se levant aux derniers mots d'Ellen.

Ah ! par Saint-Georges ! voilà qui est
parler !

Lafayette, se levant aussi, échange un coup
d'œil expressif avec Martha. — Brushop paraît sur
le seuil, au fond, suivi d'un officier.

SCÈNE II.

LES PRÉCÉDENTS, BRUSHOP, RICHARD.

BRUSHOP, entrant, à Martha, qui se lève en regardant
vers le fond.

Le capitaine Richard Arnold !

Mouvement. Lafayette marche vers Sara, près
de la table, à gauche, pendant qu'Ellen, faisant le
tour de cette table, vient à l'extrême gauche.
Green, à l'extrême droite, remarque avec déplaisir
le colloque de Lafayette et de Sara. Brushop, s'ef-
façant au seuil. Martha, au second plan, démas-
quant la porte et attendant.

RICHARD, deux plis cachetés à la main, entrant et
s'arrêtant à deux pas de Martha.

Madame... (Il s'incline profondément).

MARTHA, affectueuse.

Soyez le bienvenu, Monsieur. — Vous
arrivez de l'armée ?

Brushop sort.

RICHARD.

Oui, Madame, et j'ai l'honneur de vous
apporter une lettre de Son Excellence.

MARTHA, avançant vivement la main et prenant la
lettre que Richard présente.

Vous étiez auprès du général ?

RICHARD.

Avant-hier soir encore. Son Excellence
est en parfaite santé, et tout va bien.

MARTHA.

Merci !

RICHARD.

Je suis porteur aussi de lettres françai-
ses — (Mouvement de Lafayette.) — venues,
sous le couvert de Son Excellence, à l'a-
dresse — (Coup d'œil sur le pli) — de monsieur de Marsan.

Lafayette fait vivement deux pas vers Richard.

MARTHA, désignant Lafayette à Richard.

Voici monsieur de Marsan.

Richard s'incline et remet le pli à Lafayette, qui
salue.

GREEN, à part.

Des billets doux de Paris ou de Versailles !...

LAFAYETTE, allant à Martha.

Vous permettez, Madame ?...

MARTHA, gravement.

Dieu veuille, Monsieur, que vous trou-

viez sous ce pli les heureuses nouvelles at-
tendues !

Lafayette s'incline et sort par la droite. — Martha remonte vers le fond, et lit la lettre de Washington.

RICHARD, allant à Ellen.

Miss Custis... — (Il salue. — Saluant Sara.)
Miss Wallace...

GREEN, venant au devant de Richard.

Bonjour, Richard.

RICHARD.

Bonjour, major. — (Ils se serrent la main et
marchent ensemble vers l'extrême droite, d'où ils
reviennent à gauche en causant, pendant qu'Ellen
et Sara, causant ensemble, remontent un peu vers
le fond.) — Et votre blessure ?

GREEN.

Rien ! Vous voyez ? (Il cambre sa taille.) —
Prêt à recommencer !

RICHARD.

On ne tardera pas, je pense ?

GREEN.

Tant mieux !

Ellen et Sara rejoignent Martha, qui leur com-
munique verbalement le sens de la lettre.

RICHARD.

Vous allez donc pouvoir prendre le commandement du détachement que j'ai amené. C'est l'ordre de Washington à son aide de camp.

GREEN.

Un détachement ? Pourquoi ?

RICHARD.

Pour escorter ces dames jusqu'au nouveau quartier-général.

GREEN.

Bon ! — A propos de commandement, le général Arnold a-t-il obtenu le sien ?

RICHARD.

Il l'attendait, au moment de mon départ, et devait m'envoyer, à ce sujet, un message, que je recevrai en route, — ici peut-être.

MARTHA, venant en scène, suivie d'Ellen et de Sara.

Messieurs, le général Washington désire nous voir auprès de lui, au camp de White-Plains, et je ne crois pas impossible de partir aujourd'hui même, si le détachement peut se remettre en route.

GREEN.

Très bien, Madame, quand vous voudrez...

MARTHA.

Major, faites, je vous prie, les honneurs de Mount-Vernon au capitaine.

GREEN.

Comptez sur moi, Madame. Venez, Richard.

Il lui prend le bras. Richard salue à droite et à gauche, et ils sortent par le fond, en causant.

MARTHA, attirant Ellen à elle.

Ellen, je ne vous ai pas encore remerciée pour notre sainte cause, pour le général et pour moi !...

Elle la baise au front.

SARA, moitié émue, moitié mutine.

Bon ! me voilà une indigne patriote !...

MARTHA, souriant et lui tendant la main.

On peut quereller votre jolie mauvaise tête, Sara ; mais votre cœur, j'en réponds ! — Mes enfants, vivez toujours comme deux sœurs. — Je vais hâter nos préparatifs.

Elle sort par la gauche.

SCÈNE III.

ELLEN , SARA .

SARA, plaisamment.

Eh! mon Dieu! moi aussi, j'aime l'Amérique, et mon glorieux cousin, le général

Washington, et... toute la révolution, si
vous voulez!... Ce que je veux dire, c'est
que le canon m'assourdit, que la guerre
fait le désert autour de nous, et que, grâce
à ce beau désordre, on peut être exposée à
mourir vieille fille... à moins de rencontrer un autre Richard Arnold!...

ELLEN, troublée.

Le capitaine Arnold?...

SARA, riant.

Certes, il ne s'agit pas du général, son
père... — Et, en y réfléchissant, ma chère
Ellen, je comprends mieux votre enthousiasme. C'est, je crois, depuis nos joyeuses
cavalcades en compagnie du capitaine et de
notre ami le major Green, qu'a pris nais-
sance votre amour... — (Ellen fait un mouvement) — pour les exploits guerriers!...

ELLEN

Sara!...

SARA, lui prenant la taille.

Allons, belle cousine, vous pouvez bien
m'avouer un capitaine, à moi, qui vous fais
presque l'aveu d'un major ! (Ellen sourit.)
Car il m'aime beaucoup, le major Green !..
(Soupirant.) C'est dommage qu'il ne sache
pas aimer comme il faut !...

ELLEN, souriant.

Comme dans le *Trésor de la galanterie* ?

SARA.

Méchante !... N'en riez pas : on n'aime
bien que dans les livres ! Certes, j'estime
fort le major Green : nous sommes presque
fiancés ! Mais convenez, Ellen, qu'il ne
perdrait rien à ressembler un peu... à mon
sieur de Marsan, par exemple !...

ELLEN.

N'êtes-vous pas injuste, Sara ? Le major
a le cœur si droit !...

SARA.

Oui, mais il aime si prosaïquement ! On
dirait qu'il exécute une manœuvre militaire ! Aussi monotone que régulier ! Le ciel
bleu, si vous voulez... mais toujours le
ciel bleu ! Ah ! j'en suis lasse, au point de
rêver un tout petit orage !...

ELLEN.

Quelle folie ! Vous querellez votre bonheur !...

On aperçoit Green sur la terrasse.

SARA, le voyant.

Tenez, le voici, mon bonheur ! et, ma
foi !...

Elle fait un petit geste de menace. — Green
vient en scène.

SCÈNE IV.

ELLEN, allant à la table feuilleter des livres;
SARA, GREEN.

SARA, à Green arrivant près d'elle.

Je voudrais bien savoir, major, pourquoi
vous détestez les Français ?

GREEN, d'abord saisi.

Mon Dieu ! miss Sara, je finirais peut-être
par les adorer tous, même monsieur de
Marsan, s'il vous était possible de m'aimer
un peu !

SARA, riant.

Un peu ? C'est trop ou ce n'est pas assez !
— Mais pourquoi, je vous prie, cette men-
tion particulière en l'honneur de monsieur
de Marsan ? N'est-il pas un gentilhomme
accompli ?

GREEN.

Je crois qu'il doit parfaitement danser le
menuet et peut-être même faire de la tapisserie. Il a des dentelles superbes !

SARA.

Et moi, je gage qu'il est aussi brave
qu'aimable, ce qui n'est pas peu dire.

GREEN.

C'est possible, miss Sara. On assur°

qu'en France, il y a des colonels de quinze ans et des généraux imberbes : il aura fait la guerre avec eux !... En tout cas, j'ai assez mauvaise opinion de son caractère.

SARA.

Qu'entendez-vous par là, major ?

GREEN.

Vous n'avez pas remarqué avec quel dépit ce gentilhomme accompli, comme vous dites, miss Sara, accueillait tantôt les allusions à monsieur de Lafayette ? — (Se tournant du côté d'Ellen). — J'en appelle à miss Ellen.

ELLEN, tranquillement.

Major, j'ai là-dessus des idées fort arrêtées, et qui ne sont pas les vôtres.

GREEN, étonné.

Ah !...

SARA.

Et s'il y avait dépit, au surplus, qu'est-ce que cela prouverait ? Que monsieur de Marsan a de l'émulation, le désir de se distinguer, l'amour de la gloire...

GREEN, ricanant.

Et peut-être aussi un grain de jalousie...

SARA.

Jalousiè !... Ah ! le mot vient à propos !...

Major, monsieur de Marsan est-il le seul
qui commette ce péché capital ?...

GREEN, vexé.

Miss Sara !...

SARA, le menaçant du doigt.

Faites votre examen de conscience ! —
Mais le charme de votre conversation nous
fait perdre de vue le voyage, et il est
temps d'y songer... — Venez-vous, Ellen ?
(Elle va prendre le bras d'Ellen. En marchant vers
la gauche :) — Voilà mon petit orage !

GREEN, d'abord indécis et boudeur.

Miss Sara ?... de grâce...

SARA, saluant et passant la première.

Faites votre examen de conscience !...
Elle disparaît.

GREEN, chagrin.

Vous l'entendez, miss Ellen ?

ELLEN, affectueusement.

Rassurez-vous, major, vous et votre conscience !
Elle salue de la main et sort.

GREEN, seul.

A la bonne heure !... Mais, miss Sara!...

Ce dameret de France lui a tourné là tête !...

Il marche de long en large avec humeur.

SCÈNE V.

GREEN, BRUSHOP.

BRUSHOP, entr'ouvrant discrètement la porte du fond.

Major?...—(Green ne répond pas).— Major?...

GREEN se retournant et l'apercevant.

Hein ?

BRUSHOP, s'avançant avec une familiarité respectueuse.

Il y a donc du nouveau, major, puisque nous partons ?

GREEN, sévèrement.

Sergent Brushop !

BRUSHOP, militairement.

Major ?

GREEN.

Est-ce que j'ai des comptes à vous rendre ?

BRUSHOP.

Non, major. — (Il tourne sur ses talons).

GREEN.

Restez. — (Se radoucissant). — Après tout, sergent, vous êtes un vieil ami pour moi :

c'est vous qui m'avez appris à faire le coup de mousquet...

BRUSHOP, immobile.

J'ai eu cet honneur, major.

GREEN, lui mettant la main sur l'épaule.

Eh bien ! dites-moi franchement ce que vous pensez de monsieur de Marsan.

BRUSHOP, saisi.

Monsieur de Marsan?... — (Gravement) — C'est, d'abord, un gentilhomme fort estimé de Son Excellence... Et puis, c'est un allié.

GREEN.

Et vous aussi, Brushop, vous ne jurez que par les Français!...

BRUSHOP.

A vrai dire, major, je suis disposé à leur rendre justice, surtout quand ils marchent avec nous.

GREEN.

Et, cependant, vous les avez combattus autrefois...

BRUSHOP

Oui, major, et il faut convenir que ce sont des gaillards qui se remuent bien dans une campagne... Je me souviens de la sortie de Ticonderoga... Ah! ils nous menèrent d'une façon!... Rien n'y manquait !

GREEN, sévèrement.

Sergent Brushop !

BRUSHOP, militairement.

Major ?

GREEN.

Un bon Américain ne se rappelle que ses victoires...

BRUSHOP.

Je voudrais bien, major ; mais le moyen, avec une douzaine de blessures qui ont écrit toute mon histoire sur ma peau ?...

GREEN, après avoir marché en silence.

Brushop , avez-vous jamais été amoureux ?

BRUSHOP.

Souvent, major, souvent !

GREEN, sévèrement.

Je m'entends !...

BRUSHOP, comprenant.

Moi aussi !... — En ce cas, major, deux fois seulement.

GREEN, l'interrogeant du regard.

Ah !...

BRUSHOP.

La première fois, c'était trop tôt : je n'avais que dix-huit ans ! La seconde fois, j'avais la quarantaine : c'était trop tard !

GREEN.

Pourquoi donc ? A quarante ans, vous étiez un franc soldat...

BRUSHOP.

Justement, major, justement ! On me trouva trop franc... ou trop soldat... je ne saurais dire. C'était une demoiselle un peu sucrée...

GREEN, entre ses dents.

Comme miss Sara !... — Je commence à croire, en effet, sergent, qu'il est difficile à un franc soldat de captiver une jeune fille...

BRUSHOP.

Très difficile, major.

GREEN, continuant.

Et qu'en l'essayant, il commet peut-être une folie...

BRUSHOP.

C'est le mot !

GREEN, se rebiffant.

Sergent Brushop !

BRUSHOP, militairement.

Major ?

GREEN, agacé.

Que le diable vous emporte, vous, vos raisonnements, votre expérience et votre demoiselle sucrée !...

BRUSHOP.

Il suffit, major ! — (Il tourne sur ses talons et marche vers le fond. —Sur le seuil, prêt à sortir :) — Major ?

GREEN.

Encore !...

BRUSHOP.

Et quoi de nouveau, s'il vous plaît, du côté de la guerre ?

GREEN.

Comment ! je ne vous l'ai pas dit ?... Eh bien ! j'espère qu'on va s'exterminer avant peu !

BRUSHOP, joyeux, disparaissant en fermant la porte.

Merci, major !

GREEN, seul, suivant sa pensée.

Et plaise à Dieu que je sois compris dans l'extermination !... — (Regardant à droite.) — Ah bon ! voici l'autre !...

Lafayette paraît. — Costume de voyage, grosses bottes éperonnées, forte épée, manteau sur le bras.

SCÈNE VI.

GREEN, LAFAYETTE.

LAFAYETTE, venant en scène et saluant avec grâce.

Je pensais, major, trouver ici votre ami
le capitaine Richard, à qui je voudrais demander un service. Il commande, je crois,
le détachement ?

GREEN, raide.

Non, Monsieur, c'est moi. — Il s'agit ?

LAFAYETTE.

De mettre à ma disposition, pour quel
ques heures seulement, un cavalier, un
éclaireur, un homme, enfin, qui connaisse
bien le pays.

GREEN, attentif.

Et vous allez ?...

LAFAYETTE.

Sur un point de la côte, où l'on m'attend.

GREEN, poliment.

Accordé ! — (Frappé d'une idée agréable.) —
Vous quittez donc l'Amérique, Monsieur ?

LAFAYETTE, souriant.

Non, pas encore.

GREEN.

Mais bientôt, sans doute ?

LAFAYETTE rêvant.

Qui sait ?

GREEN.

Monsieur , je vous souhaite un bon voyage !

LAFAYETTE.

Mille grâces ! Mais je ne vous dis pas adieu.

GREEN.

Hein ?

LAFAYETTE.

Nous nous reverrons, un jour ou l'autre, au quartier-général de White-Plains.

GREEN, saisi.

Vous comptez aller à White-Plains !

LAFAYETTE.

Il y aura trop bonne société pour que je n'en éprouve pas le vif désir...

GREEN, près d'éclater.

Ah ! vraiment !... — (Raillant.) — Vous n'aurez guère le temps d'y étaler vos manchettes et d'y placer vos jolis petits livres !

LAFAYETTE, jetant un coup d'œil sur ses gants de voyage.

Oh ! mes manchettes !... — Quant aux livres, ils sont déjà placés entre les blanches mains de miss Sara Wallace...

GREEN, éclatant.

Ah ! par Saint-Georges !... — (Il se contient avec peine et fait quelques pas. — Remarquant tout à coup le costume sévère et l'épée de Lafayette.) — Tiens ! vous avez là une épée, une véritable épée, ma foi !...

LAFAYETTE, souriant.

Que voulez vous, major ?... En voyage...

GREEN méditant.

Et vous savez peut-être vous en servir ?...

LAFAYETTE.

Mon Dieu !... à l'occasion...

GREEN.

Oh ! mais alors, plus de scrupules ! Tout peut s'arranger. — (Saluant et prenant le ton le plus poli.) — Monsieur, les gentilshommes français ont, je crois, l'habitude de mettre l'épée à la main pour un *oui*, pour un *non*, sous n'importe quel prétexte ?...

LAFAYETTE.

Vous les connaissez bien !

GREEN.

En Amérique, nous sommes plus ménagers de la vie humaine, surtout quand elle est utile au pays.

LAFAYETTE.

A merveille !

GREEN.

Je considère, pour ma part, comme une désertion en face de l'ennemi, tout duel proposé ou accepté par un Américain, à l'heure où nous sommes. — Voilà pourquoi, Monsieur, je ne vous propose pas de vous couper la gorge avec moi, séance tenante.

LAFAYETTE, riant.

Allons ! tant mieux !

Il salue et tire vers la sortie de gauche.

GREEN, le retenant d'un geste courtois.

Sauf votre agrément, Monsieur, nous ajournerons cette affaire à l'issue de la campagne.

LAFAYETTE, souriant.

Diantre ! major, vous y tenez !...

GREEN.

Et vous, Monsieur ?

LAFAYETTE.

Moi !... Je ne sais comment vous exprimer mon ravissement !...

GREEN, saluant.

C'est convenu ! (Il tire vers le fond.)

LAFAYETTE, le retenant.

Et, s'il vous plaît, major, le motif de cette offre gracieuse?...

GREEN, fronçant le sourcil.

Nous nous comprenons de reste.

LAFAYETTE.

J'en doute !

GREEN.

Puisqu'il faut tout vous dire, Monsieur, sachez que j'aime miss Sara Wallace, et que vos assiduités, vos romans et vos agissements me portent ombrage !

LAFAYETTE, gravement.

Eh bien ! major, cela étant, je vous promets qu'après la campagne vous aurez toute satisfaction !

GREEN, saluant.

En attendant, Monsieur, croyez à ma haine la plus respectueuse.

Il fait un pas de retraite vers le fond.

LAFAYETTE, l'accompagnant.

Et vous, major, à ma... rage la plus distinguée !...

Richard entre par le fond. Green et Lafayette reviennent un peu en scène.

SCÈNE VII.

LAFAYETTE, RICHARD, GREEN.

RICHARD, entrant, à Green.

Tout est prêt, major, et s'il plaît à madame Washington, il ne reste plus qu'à monter à cheval.

GREEN.

Très bien ! — Ah ! Richard, monsieur de Marsan m'a demandé un de nos éclaireurs : vous mettrez le meilleur d'entr'eux à son service.

RICHARD, saluant Lafayette.

Il suffit, Monsieur.

LAFAYETTE, gracieusement, à Green.

Aimable courtoisie !

GREEN, raide.

Aimable est de trop !

RICHARD, regardant à gauche.

Ah ! voici miss Ellen !

Lafayette tire vers l'extrême gauche, et Green vers l'extrême droite. Richard fait un pas vers le milieu de la scène.

SCÈNE VIII.

LAFAYETTE, ELLEN, RICHARD, GREEN.

ELLEN, en costume d'amazone, à deux pas du seuil,
et répondant aux saluts.

Les préparatifs du voyage nous font trop
négliger les devoirs de l'hospitalité, Messieurs, et ma mère vous en exprime ses regrets.

LAFAYETTE, allant vers elle.

Miss Ellen, je vais dire tous les miens à
madame Washington, car je quitte aussi
Mount-Vernon.

ELLEN, gravement.

Ah !... (lui tendant la main, que Lafayette
prend avec respect).—Que Dieu vous conduise,
Monsieur, sur tous les chemins qui mè-
nent au triomphe de l'Amérique !...

LAFAYETTE.

Merci !

Il salue et sort par la gauche. Ellen, pensive, le
suit des yeux.

GREEN, stupéfait et indigné, entre ses dents.

Tout le monde le prend au sérieux ! C'est
trop fort !...

Il passe brusquement devant Richard, allant
vers le fond.

RICHARD, l'arrêtant.

Où donc allez-vous, major ?

GREEN.

Où je vais ? Me couvrir de rubans et de dentelles ! Il faut cela pour être patriote !... (Se retournant.) J'en mettrai aussi à mon cheval !...

Il sort vivement par le fond. Richard hausse les épaules en souriant.

SCÈNE IX.

ELLEN, RICHARD.

RICHARD, s'approchant d'Ellen et faisant allusion à son costume.

Déjà sous les armes, miss Ellen...

ELLEN, souriant.

On voit, n'est-ce pas, que je suis d'une race militaire ?

RICHARD.

Oui, vous avez une de ces âmes vaillantes dont les plus courageux pourraient s'inspirer. Et, pourtant, miss Ellen, en vous retrouvant aujourd'hui sous ce toit paisible, qui ne connaît rien des passions et des dangers de la guerre, j'éprouve comme un remords d'être venu, en quelque sorte, troubler votre repos.

ELLEN.

Le repos !... Croyez-vous qu'une Américaine, fût-elle la plus simple des jeunes
filles,le puisse goûter plus réellement qu'un
soldat de l'indépendance ?... Le corps est
ici ; l'âme, au sein de la lutte, priant pour
ceux qui la soutiennent au nom du bon
droit !

RICHARD, enthousiasmé.

Et qui la soutiendront jusqu'à la mort,
n'y eût-il pour les encourager qu'une seule
de vos paroles, qu'un seul de vos regards !...

ELLEN, émue.

Il faut aimer son pays pour lui-même...

RICHARD.

Il faut l'adorer, quand on le voit à travers votre cœur, votre jeunesse et votre
beauté !... — (Ellen, troublée, passe doucement
à droite.) — Oh ! pardon, miss Ellen !... J'ai
peut-être tort de penser tout haut... Mais
n'est-ce pas un peu votre faute ?... On vou-
drait rester maître de sa pensée, on sent le
besoin d'être humble... Vous parlez : tout
à coup, la pensée se trahit, et l'orgueil, et
l'espoir sans bornes!... Soyez indulgente !..

ELLEN, d'une voix pénétrante.

Il le faut bien... puisque vous dites — et

c'est peut-être vrai — qu'il y a de ma
faute !...

RICHARD, lui saisissant la main.

Ellen !... mon Dieu !... vous me pardon-
nez !... Vous m'avez compris !... Vous ne
me défendez pas d'espérer !...

ELLEN.

Je sais trop bien ce qu'il y a de douceur
dans l'espérance !...

RICHARD, transporté.

Ah !... — (Inquiet). — Mais madame
Washington ?... Que suis-je, en effet ? Quels
titres à sa bienveillance ?...

ELLEN.

Elle vous en reconnaît de précieux... Et,
d'ailleurs, quelle est son ambition ? Celle
de toutes les tendres mères : le bonheur de
sa fille.

RICHARD.

Votre bonheur, Ellen !... Que je meure
cent fois, plutôt que de le troubler un seul
instant !

ELLEN, gravement.

Richard , je vous le confierai sans
crainte...

RICHARD, ravi.

Ah ! Dieu !...

ELLEN.

Mais écoutez-moi bien, je vous prie. Un homme que j'ai appris à vénérer dès le berceau, que toute l'Amérique vénère, et qui m'a prodigué la plus profonde, la plus délicate tendresse...

RICHARD.

Washington !...

ELLEN.

Washington, de par mon respect filial, a le droit de donner ou de refuser ma main...

RICHARD, inquiet.

Ah !...

ELLEN.

A White-Plains, il prononcera.

RICHARD, presque tremblant

Et vous pensez que Washington?...

ELLEN.

Oui, si j'en crois mon cœur!

RICHARD, se rapprochant.

Ellen, chère Ellen!...

On aperçoit sur la terrasse, au fond, un officier enveloppé d'un manteau, le chapeau sur les yeux.

ELLEN, le voyant.

Un officier...

3

RICHARD, tournant à demi la tête.

Qui vient, sans doute, prendre mes ordres...

ELLEN.

Et moi, je vais prendre ceux de ma mère. — (Elle se dégage). — A bientôt, Richard.

Elle marche vers la gauche.

RICHARD, l'accompagnant et la retenant.

Quelle joie de marcher à vos côtés et de veiller sur vous durant ce voyage!...

Il la retient.

ELLEN, souriant.

Oui, mais d'abord, il faut le commencer!...

Elle se dégage avec un geste amical.

RICHARD, y répondant.

Adieu ! adieu ! — (Elle disparaît. — Enivré.) Ah !... — (L'officier arrive au seuil. — Richard marchant vers le fond, en rêvant :) — Eh bien ! me voilà ! — (L'officier se découvre. — Richard levant les yeux, stupéfait :) — Mon père !...

SCÈNE X.

RICHARD, ARNOLD.

ARNOLD, venant en scène.

J'avais l'espoir de vous trouver ici, et j'ai couru sur vos traces.

RICHARD, lui prenant la main.

J'attendais, à chaque instant, votre message... Excusez ma surprise.

ARNOLD.

Un mot va vous expliquer ma présence.
Je me rends à mon poste.

RICHARD.

Ce commandement ?...

ARNOLD, gravement.

Richard, je suis gouverneur du fort
West-Point !

RICHARD, joyeux.

Ah ! mon père, laissez-moi vous féliciter !...

ARNOLD, le regardant fixement, et avec un accent
profond.

Savez-vous ce que c'est que West Point ?

RICHARD.

Un poste d'honneur, assurément !

ARNOLD.

Bien plus encore ! Qui tient West-Point
tient l'Amérique !

RICHARD.

Elle est en bonnes mains !...

ARNOLD.

Vous dire, à présent, mes pensées et mes projets, c'est impossible !... Je sens là — (se frappant le front) — comme l'ébauche encore confuse de tout un monde !... Il me faut du temps, du calme, de la réflexion... Ah ! dans ce monde-là, Richard, vous aurez votre place : je ne m'y vois qu'avec vous, et c'est pourquoi, passant à un mille de Mount-Vernon, j'ai voulu vous associer, dès la première heure, à l'avenir que je vais préparer.

RICHARD, touché.

Merci, mon père, merci !

ARNOLD, lui prenant la main.

Richard, il faut que nous vivions le plus près possible l'un de l'autre : je vous veux à mes côtés !

RICHARD, saisi.

Mais, mon père...

ARNOLD, sans remarquer cette impression.

Oui... votre mission ? Remplissez-la Nous nous reverrons au quartier-général, et là, je reprendrai mon fils pour ne plus le quitter !

RICHARD, troublé.

Je sais votre bonté... Cependant, mon père, laissez-moi vous dire... — Ah ! moi aussi, j'ai là (frappant son cœur) tout un monde charmant qui s'éveille... Si vous connaissiez ma joie, mes espérances !...

ARNOLD, rajustant son manteau.

Nous mettrons tout en commun, tout!... — Votre main ! (Ils se donnent la main.) — Richard, notre étoile se lève ! Adieu ! — (Il va rapidement jusqu'au seuil.— S'arrêtant brusquement, frappé d'un souvenir.) — Richard ?

RICHARD, se rapprochant.

Mon père ?

ARNOLD.

Il y avait, je crois, une femme avec vous, quand je suis arrivé ?... Qui donc, je vous prie ?...

RICHARD, troublé.

Miss Ellen Custis.

ARNOLD.

La fille de madame Washington ?

RICHARD, vivement.

Oui, mon père, et je voulais vous dire...

ARNOLD, saisi.

Ah!... (Chassant une idée importune, et saluant de la main.) — A White-Plains !

Il disparaît.

RICHARD, seul, rêvant.

Je ne sais pourquoi cette brusque appa-
rition, ce dessein de me séparer d'Ellen...
— Me séparer ?... Mais non, il ne savait
rien... et quand il saura que nous nous
aimons, quand je lui dirai que Washington
lui-même !... — Ah ! elle m'a donné cette
espérance... et moi... Oh ! moi, je lui donne ma vie !...

Il sort. — La toile tombe.

ACTE II.

—

Au quartier-général de White-Plains. — Un grand cabinet dans les appartements militaires de Washington. — Porte au fond, par laquelle on aperçoit une antichambre. — Portes à droite et à gauche. — Dans l'angle droit, une bibliothèque. — Vers l'extrême droite, une table surchargée de cartes, de plans et de divers papiers.

Au lever du rideau, Brushop, assis sur une banquette dans l'antichambre, achève de se réveiller. — Le jour commence.

—

SCÈNE I

BRUSHOP, seul, puis WASHINGTON.

BRUSHOP, seul, se levant et jetant un coup d'œil au dehors.

Le jour !... — (Il vient en scène et va éteindre une lampe sur la table.) — Il ne peut tarder d'arriver. — (Rangeant, ça et là, d'un air de satisfaction.) — Nous voilà donc revenus à la vie active !... Nous !... c'est-à-dire les autres... Pour moi, c'est fini, par malheur !... (Il rêve. Washington, enveloppé dans un manteau de cavalerie, paraît dans l'antichambre. — Au bruit, Brushop se retourne.) — Ah !...

WASHINGTON, venant en scène.

Bonjour, Brushop. — (Il ôte son manteau.)

BRUSHOP, troublé.

Excellence... mon Dieu !...

WASHINGTON, lui donnant son manteau de la main
gauche et lui tendant la main droite, que Brushop
baise.

On a reçu mon courrier, je le vois, puisque vous m'attendiez.

Il ôte son épée et son chapeau.

BRUSHOP.

. Oui, Excellence.

WASHINGTON, lui donnant l'épée et le chapeau.

Et madame Washington, miss Ellen,
toute la maison ?

BRUSHOP.

Arrivées depuis avant-hier avec le major
Green et le capitaine Richard. — (Avec in-
tention). Monsieur de Marsan est arrivé hier
matin...—Ah ! Excellence, quelle joie pour
tous de vous revoir !...

WASHINGTON, gravement.

L'incognito de monsieur de Marsan n'a
pas été trahi ?

BRUSHOP, vivement,

Non certes, Excellence, et à l'exception
de madame Washington, de miss Ellen et
de moi...

WASHINGTON.

Bien ! Du reste, l'heure approche où tout pourra se dire et se faire au grand jour. — Vous préviendrez monsieur de Marsan de mon arrivée.

BRUSHOP, montrant la gauche.

Il a passé la nuit, là, en attendant Votre Excellence...

WASHINGTON.

Eh bien ! je suis tout à lui. Allez.

Brushop sort vivement par la gauche. — Washington réfléchit, puis il prend dans sa poche un portefeuille et en extrait un papier qu'il considère gravement. — Lafayette paraît à gauche.

SCÈNE II.

LAFAYETTE, WASHINGTON.

WASHINGTON, se retournant, apercevant Lafayette et faisant vivement deux pas vers lui.

Ah ! Monsieur, j'ai hâte de serrer votre loyale main !...

Ils se serrent la main et viennent en scène.

LAFAYETTE.

Dieu soit loué, Excellence ! Je lis dans vos yeux que les destins se préparent.

WASHINGTON, gravement.

Je le crois !

42

LAFAYETTE.

Enfin !... Ah ! que j'ai souvent maudit votre sagesse !...

WASHINGTON.

Et moi, Monsieur, j'ai toujours rendu hommage à la vôtre : elle a vingt ans et un entrain héroïque ; la mienne porte des cheveux blancs et le poids d'un demi-siècle. Mais peut-être seront-elles bientôt d'accord...

LAFAYETTE.

Vous connaissez les dispositions de Rochambeau ?

WASHINGTON.

Je les connais.

LAFAYETTE.

Quant à l'escadre française...

WASHINGTON.

Elle évolue dans des parages bien choisis.

LAFAYETTE.

C'est la vérité, mes dépêches de l'escadre et de l'armée l'attestaient encore hier soir. Vous pouvez donc compter sur la France.

WASHINGTON.

Oui, mais il faut que la France puisse compter sur nous !

LAFAYETTE.

Quoi ! est-ce que le patriotisme américain hésiterait ?

WASHINGTON.

Pas plus que la vaillance française !...
Non, non! tous les bras, tous les cœurs, tous
les courages sont prêts. Elle veut s'affran-
chir à jamais, cette terre qui a bu nos
sueurs et notre sang ! Un jour, vous le savez, elle demanda justice, et on lui répon-
dit par les armes. Aujourd'hui, instruite
par le malheur, elle veut la liberté, mère
de toute justice !

LAFAYETTE.

Vos plans ne sauraient être entravés par
le Congrès, qui vous a conféré la dictature :
vous êtes le maître!

WASHINGTON.

C'est souvent ce qui m'effraie. Commander, gouverner, quel piége pour la conscience d'un homme, et quel danger pour
son honneur !

LAFAYETTE.

Des dangers!... Il n'en est point pour
l'honneur de Washington ! Ne songeons
qu'à ceux de la patrie.

WASHINGTON.

Eh bien ! Monsieur, les voici tous en résumé : les choses en sont arrivées à ce point qu'il faut réussir d'un seul coup.

LAFAYETTE.

Soit! Frappons ! Nous avons la foudre !

WASHINGTON.

Oui, mais dirigeons-la d'un œil sûr pour qu'elle atteigne le but. Nous n'avons plus devant nous qu'une armée anglaise. Par de longues alternatives de succès et de revers, nous lui laissons le temps de se refaire, de se fortifier, de se doubler : guerre éternelle ! Ce qu'il faut, c'est la saisir dans une seule étreinte, la supprimer d'un seul élan.

LAFAYETTE.

Votre pensée, en un mot ?

WASHINGTON.

Jonction ! — Que nos armes fraternisent, nous aurons beau jeu : Cornwallis et ses vingt mille hommes finiront par venir sur notre terrain. Une fois là, ils sont à nous !

LAFAYETTE.

Eh bien ! donc, Excellence, jonction, et au plus tôt ! Un signe à l'armée, un signe à l'escadre !

WASHINGTON.

Rien au hasard, Monsieur ! C'est une question de vie ou de mort: il faut tout combiner.

LAFAYETTE.

Comment y parvenir ?

WASHINGTON, prenant le papier sur la table.

En théorie, c'est fait. Tout est là, dans ces vingt lignes. Mais il y manque une lumière.

LAFAYETTE.

Laquelle ?

WASHINGTON.

Le commentaire détaillé d'un homme de guerre connaissant bien notre pays, nos ressources, et capable de transmettre ces précieuses notions aux généraux français. Alors, tout est possible, facile, certain !

LAFAYETTE, se levant.

En conscience, suis-je cet homme ?

WASHINGTON, se levant aussi.

Je l'atteste... Mais je ne puis permettre que vous, Monsieur, vous, dont les éminents services...

LAFAYETTE.

Aujourd'hui messager, demain soldat, toujours serviteur de votre cause ! — Donnez, Exellence, je pars !

WASHINGTON, lui donnant le papier.

Vous le voulez ?

LAFAYETTE.

Je vais instruire les chefs, je vous rapporte leurs paroles ; après quoi, Dieu soit en aide à l'Amérique !

WASHINGTON, lui serrant la main.

Et à la France qui peut la faire triompher ! -- (Lafayette sort par la gauche. — Le suivant du regard). — Cœur intrépide !... Peuple généreux!...

Il croise les bras et médite. — Ellen paraît à droite, s'arrête un instant sur le seuil et s'avance doucement.

SCÈNE III.

WASHINGTON, ELLEN.

ELLEN, à deux pas de Washington.

J'ai bien peur d'être indiscrète...

WASHINGTON, la voyant.

Ellen !... — (Il lui prend les mains.) Chère enfant !... Vous, indiscrète !

ELLEN, lui présentant le front.

C'est l'heure des affaires, et non celle des jeunes filles...

WASHINGTON, souriant.

En effet, et j'ai envie de vous quereller sur cette visite matinale.

ELLEN.

Et intéressée, peut-être...

WASHINGTON, attentif.

Intéressée ?...

ELLEN.

Pourtant, je suis heureuse, avant tout, d'être la première à vous souhaiter la bien-venue... Vous n'en doutez pas, mon père ?...

WASHINGTON.

Mon père !... C'est avec des mots comme ceux-là que vous m'emplissez le cœur ! Ah! vous ne sauriez comprendre quelle place vous tenez dans ma vie ! Il me semble sou-vent que la jeunesse de mon cœur et de mon esprit revit en vous, qu'il y a un lien naturel entre votre âme et la mienne !

ELLEN

Vous avez une autre fille qui vous fait plus d'honneur. — (Washington la regarde.) — Toute l'Amérique sait bien que le général Washington est le père de la patrie !

WASHINGTON

Oui, s'il suffit de l'aimer ardemment !... — (Comme rêvant.) — Lorsque, simple géomètre, je parcourais les solitudes pour y frayer une voie à la civilisation, je me sentais pris d'un amour étrange pour ce sol

48

encore vierge et que l'Angleterre concédait
à de hardis pionniers. Eh quoi ! me disais-
je, ces immenses plaines, ces fières monta-
gnes, ces noble forêts, ces fleuves et ces
lacs vastes comme des océans, tant de ri-
chesses, tant de magnificences naturelles, ne
sont que des fermes anglaises, des chantiers
d'émigrants !... Ne viendra t-il pas un jour
où l'Amérique portera son vrai nom, où les
Américains pourront dire : « Nous sommes
un peuple et nous avons une patrie ? » — Et
quand ces pensées me venaient, quoique je
fusse bien jeune encore, mon cœur débor-
dait d'un sentiment qui n'est comparable
qu'à celui de la paternité ! — (Un silence) —
Mais je m'abandonne à mes souvenirs !...
Dites-moi, mon enfant, le séjour de White-
Plains ne vous semble-t-il pas trop austère?

ELLEN.

Eh ! que nous manque-t-il ici ? Une jolie
maisonnette en face de vos appartements
militaires, des arbres, des fleurs, l'Océan à
l'horizon... Sara Wallace elle-même, d'un
goût si difficile, n'a rien à désirer...

WASHINGTON.

Et vous, Ellen ?

ELLEN, troublée.

Moi? Ne vous l'ai-je pas dit, mon père ?...
Ma visite...

WASHINGTON, souriant.

Est intéressée... je m'en souviens. Eh bien ! mon enfant, voyons de quel grave intérêt il s'agit.

Il la fait asseoir d'un côté de la table et s'assied de l'autre côté.

ELLEN.

Tout à l'heure, j'étais indiscrète ; maintenant, vous allez peut-être me trouver bien curieuse...

WASHINGTON, souriant.

Tous les défauts !... — J'écoute.

ELLEN, avec hésitation.

Vous connaissez tous les officiers de votre entourage, n'est-ce pas, mon père ?...

WASHINGTON, attentif.

Certes! — Auriez-vous à vous plaindre?...

ELLEN.

Nullement, mais je voudrais bien savoir ce que vous pensez... (Elle hésite) de leurs mérites.

WASHINGTON, souriant.

Votre question m'embarrasse un peu...

ELLEN, attentive.

Ah !...

4

WASHINGTON, qui l'a observée.

Assurément, tous mes officiers sont braves, intelligents et dévoués.

ELLEN rassurée,

Ah !...

WASHINGTON.

Hamilton, par exemple, est un habile négociateur; Green, un sabreur héroïque...

ELLEN, timidement.

Et... les autres ?...

WASHINGTON, qui ne la perd pas de vue.

Les autres ?... je les crois tous dignes de la fortune et de la gloire; mais...

ELLEN, vivement.

Mais..., dites-vous ?...

WASHINGTON, continuant.

Il est parmi eux un jeune homme qui réunit, à lui seul, presque toutes les hautes qualités de ses compagnons d'armes...

ELLEN, entraînée et se retenant trop tard.

Et c'est ?...

WASHINGTON, simplement.

Richard Arnold.

ELLEN, avec une joie concentrée.

Ah !...

WASHINGTON.

Oui, Ellen, et si j'avais un fils, je voudrais qu'il ressemblât au capitaine Richard.
— (Silence. Il se lève et prend la main d'Ellen,
qui tient ses yeux baissés. — Elle se lève aussi.—)
— Votre curiosité est-elle satisfaite ?.....

ELLEN, regardant Washington, hésitant une seconde,
puis se jetant dans ses bras.

Mon père !...

WASHINGTON.

Chère Ellen !...

ELLEN, se dégageant doucement.

Avec quelle bonté vous avez lu dans
mon cœur !...

WASHINGTON.

Ce cœur, digne du meilleur et du plus
noble des hommes, vous l'avez donné à
qui saura le mériter...

ELLEN, vivement.

Laissez-moi, je vous prie, la joie d'avoir
accompli au moins une partie de mes devoirs envers vous ! — Le jour de notre départ de Mount-Vernon, assurée de la tendre bienveillance de ma mère, j'ai donné
ma parole à Richard, mais à une condi-
tion... — Mon père, c'est votre main qui
mettra la mienne dans celle de mon fiancé !

WASHINGTON.

Eh bien ! donc, mon enfant, dites à votre fiancé que j'ai hâte de lui donner un
autre titre.

ELLEN, avec expansion.

Ah ! maintenant, je suis heureuse !
Brushop paraît sur le seuil à gauche.

SCÈNE IV.

BRUSHOP, WASHINGTON, ELLEN.

WASHINGTON, apercevant Brushop.

On a prévenu le Conseil de mon arrivée ?

BRUSHOP.

Oui, Excellence, les estafettes sont par-
ties. Mais le général Arnold, qui arrive de
West-Point, sollicite audience.

ELLEN, surprise, à part.

Ah !... — (Elle rêve).

WASHINGTON.

A l'instant. — (A Ellen). — Adieu et con-
fiance !
Il lui serre les mains et sort par la gauche. —
Brushop sort par le fond.

SCÈNE V.

ELLEN, seule ; puis RICHARD ; BRUSHOP allant et
venant.

ELLEN, seule.

Quel père m'eût jamais témoigné plus de
tendresse que Washington !...

Elle marche lentement vers la droite. — Richard paraît dans l'antichambre avec Brushop.

RICHARD, sur le seuil.

Je sais que mon père est au quartier général...

BRUSHOP.

Il cause en ce moment avec Son Excellence.

RICHARD, entrant.

Je l'attendrai ici. — (Brushop s'incline et
traverse pour sortir par la gauche. — Ellen s'arrête. — Richard la voyant et allant vivement à
elle.) — Miss Ellen !... — Mais j'ai donc
toutes les joies, ce matin !...

ELLEN, revenant un peu en scène.

Vous n'êtes pas le seul...

RICHARD, la considérant.

En effet, il y a du bonheur dans vos
yeux...

ELLEN, souriant.

En voulez-vous une part ?

RICHARD.

Certes !

ELLEN.

Devinez !...

RICHARD, ému.

Je n'ose pas !...

ELLEN.

Quelqu'un que je vénère vient de me dire : « Confiance ! »

RICHARD, vivement.

Vous avez vu Washington ?...

ELLEN.

Oui.

RICHARD.

Et c'est le général lui-même !...

ELLEN.

Il vous aimera... comme un fils !

RICHARD, transporté et se jetant sur la main d'Ellen

Ah ! Ellen ! mon Dieu !... ce n'est pas un rêve ?...

ELLEN, se dégageant et reculant doucement vers la droite.

Le mot d'ordre est : Croire.

RICHARD, enivré.

Et le mot de ralliement : Aimer ?

Ellen sort.

SCÈNE VI.

RICHARD, seul ; puis ARNOLD et BRUSHOP
allant et venant.

RICHARD, seul, comme en extase.

Divine créature !... — Et mon père qui
va savoir !...

Il rêve délicieusement. — Arnold et Brushop
paraissent à gauche.

ARNOLD, à Brushop.

Si quelqu'un de mes officiers se présente,
veuillez l'introduire.

Brushop s'incline et sort par le fond.

RICHARD, se jetant au devant d'Arnold.

Ah ! mon père, que je suis aise de m'être
trouvé sur votre chemin !

ARNOLD, lui donnant la main et venant en scène.

Avez-vous le loisir de causer cœur à
cœur avec moi ?

RICHARD.

Je suis tout à vous, mon père.

Arnold s'assied contre la table. Richard s'appuie
au dossier d'une chaise.

ARNOLD.

A votre âge, Richard, j'étais ambitieux ;
je le suis encore ; ne l'êtes-vous point ?

56

BICHARD, souriant.

Franchise pour franchise : je le suis beaucoup !

ARNOLD.

Tant mieux ! — Vous savez qu'à West-Point j'exerce l'autorité suprême. Le Congrès m'y envoie des affidés ; depuis la suspension des hostilités, les officiers anglais m'y viennent voir, tout comme si j'étais un généralissime. Mon horizon s'élargit de jour en jour, l'avenir s'éclaire... J'y aperçois mon rôle.

BICHARD.

Il sera grand, mon père. Quel autre champion de l'indépendance pourrait marcher à côté de Washington ?...

ARNOLD, hochant la tête.

C'est un sol bien mouvant que celui de la politique, surtout chez une nation dans l'enfance ! Aujourd'hui, tout repose sur Washington : il est l'arbitre, l'oracle, le dieu de la patrie, parce que les hommes et les choses roulent dans un courant dont il a compris et dont il suit la direction. Mais que cette direction change, que l'Amérique veuille marcher à son but par d'autres voies, et que Washington n'ait pas l'intelligence d'une telle transformation...

RICHARD.

Grâce à Dieu, l'Amérique et Washington seront toujours d'accord !

ARNOLD.

Qui sait ?...

RICHARD, saisi.

Je tremblerais alors pour le bonheur de mon pays !

ARNOLD.

Pourquoi, Richard ? Il y a plus d'un homme en Amérique !

RICHARD.

Certes, mon père, Washington aurait en vous un successeur digne d'achever sa mission.

ARNOLD, se levant.

Si je montais au premier rang, je n'achèverais pas l'œuvre d'autrui : je créerais ! — (Silence). — Quoi qu'il en soit, Richard, tenez pour certain qu'avant long-temps, il y aura de grands changements dans ce pays. Or, il se peut que j'aie besoin de lieutenants hardis et dévoués, et je compte sur vous.

RICHARD, vivement.

Partout et toujours, mon père !

ARNOLD.

Eh bien ! partons ! — (Mouvement de Richard). — J'ai l'agrément de Washington. Ne faut-il pas que nous vivions, quelque temps, vous et moi, de la même vie, pour nous attacher aux mêmes projets, pour nous préparer aux mêmes luttes ?...

RICHARD, à part.

Et moi qui voulais lui dire !... — (Haut). — Quand le jour de ces luttes sera venu, mon père, vous n'aurez qu'un geste à faire, et j'accourrai à vos côtés !... Mais (souriant) je croyais vous avoir dit que je suis ambitieux, moi aussi...

ARNOLD.

Venez donc avec moi !

RICHARD

L'objet de mon ambition est ici.

ARNOLD, inquiet.

Et c'est ?...

RICHARD

Une femme !

ARNOLD, anxieux.

Celle qui, l'autre jour, à Mount-Vernon...

RICHARD.

Oui, miss Ellen.

ARNOLD, sombre.

Ah! voilà ce que je redoutais!...
Silence, il marche avec agitation.

RICHARD

Mon père, laissez-moi espérer votre assentiment!...

ARNOLD, d'une voix sourde.

Jamais! — (Richard est pétrifié. — Silence. — Revenant à R'chard.) — Richard, avant de me répondre, consultez bien vos forces! — Pouvez-vous, je vous le demande solennellement, pouvez-vous renoncer à miss Ellen?

RICHARD

Renoncer à Ellen!... Mais mon père, vous ne savez donc pas que, depuis un an, elle est toute ma vie, que depuis un mois, j'ai son aveu, que depuis une heure, nous sommes fiancés par la parole de Washington lui-même!... Et vous voulez!... Quand je me faisais une fête de vous apprendre!... Oh! non, c'est impossible !

ARNOLD, impassible.

Pouvez-vous renoncer à miss Ellen?

RICHARD, désolé.

Mais c'est donc vrai que vous voulez cela !...

ARNOLD, de plus en plus calme.

Oui ou non, du fond du cœur ?

RICHARD, d'une voix brisée.

Eh bien ! mon père, du fond du cœur, non !

ARNOLD, d'abord atterré, puis se maîtrisant.

Malheureux !... — (Richard est accablé. Arnold médite, puis il revient à Richard)— Je le sens, Richard, nous ne pouvons plus suivre la même route, et j'ai maintenant le pénible devoir de dégager ma responsabilité dans l'avenir en vous faisant connaître le passé.

RICHARD.

Vous m'effrayez, mon père !...

ARNOLD, avec tristesse.

Je ne suis pas votre père !...

RICHARD.

Vous n'êtes pas... Grand Dieu !...

ARNOLD.

Il y a près de vingt ans, j'errais dans les établissements de l'Ouest, lorsque je vous rencontrai, enfant presque sauvage, au milieu d'une bande de pionniers. Toute votre famille avait péri dans un engagement avec les Indiens de la frontière, et les braves

gens qui vous nourrissaient ignoraient
jusqu'à la seule chose qui vous restât en ce
monde : votre nom ! Je vous pris sous ma
garde, je m'attachai à vous, et, en venant
me fixer dans ce pays, où j'étais alors in-
connu, je n'eus pas même besoin de mentir
à la loi pour vous appeler mon fils. Vous
l'avez été jusqu'à ce jour, à mon foyer
comme dans mon cœur !...

RICHARD, désespéré.

Et vous ne voulez plus que je le sois !...

ARNOLD, attendri.

Moi !... Ah ! Richard, croyez-vous qu'on
puisse rompre ainsi avec une affection de
vingt ans ! Non, non ! mais j'ai compris
que je ne dois pas enchaîner votre liberté
personnelle, et vous voilà libre, Richard,
libre de m'aimer comme un père ou de me
renier comme un étranger !...

RICHARD, hors de lui.

Vous renier ! Ah !...

Il se jette dans les bras d'Arnold.

ARNOLD, avec douceur.

Calmez-vous, Richard, je prends le ciel à
témoin que mes bras et mon cœur vous
seront toujours ouverts ! — (Jotham paraît
dans l'antichambre, suivi de Brushop, qui l'ob-

serve. — Arnold, se retournant, aperçoit Jotham, qui, sur un geste de lui, vient à l'extrême gauche, pendant que Richard, accablé, passe à l'extrême droite. — A Richard :) — J'ai un ordre à donner.

Il rejoint Jotham. — Brushop toujours dans l'antichambre.

SCÈNE VII.

JOTHAM, ARNOLD, RICHARD ; BRUSHOP
dans l'antichambre.

RICHARD, à part.

C'est fini !... Ah ! je le disais bien à Ellen, que mon bonheur n'était qu'un rêve !...

ARNOLD, abordant Jotham.

Eh bien ?

JOTHAM.

Le major Andrew est venu au rendez-vous.

ARNOLD.

Ouvertement ?

JOTHAM.

Déguisé. Il attend Votre Honneur.

ARNOLD.

Il a dit ?...

JOTHAM.

Que tout se prépare.

ARNOLD.

Et de notre côté ?

JOTHAM.

Tout est prêt.

ARNOLD.

Attendez-moi à la sortie du quartier-général.

Jotham s'incline et sort sous le regard fixe de
Brushop, qui le suit.

RICHARD, à part.

O Dieu ! ne pouvoir plus rien, n'espérer
plus rien, n'être plus rien !...

ARNOLD, revenant à Richard.

Richard, de graves occupations me rap-
pelleront aujourd'hui à West-Point.— (Avec
douceur). — Partirai-je seul ?...

RICHARD, d'une voix sourde.

Mon père, je n'ai plus que vous au monde : le reste de ma vie est à vous !

ARNOLD, lui prenant la main.

Richard, soyez homme !

Il sort par le fond.

SCÈNE VIII.

RICHARD, seul; puis GREEN.

RICHARD, seul.

Être homme!... Ah ! plutôt cesser de l'ê-
tre, oublier qu'on a un cœur qui se brise,

ignorer qu'un autre cœur va se briser!Tout
perdre en un instant, d'un seul mot : « Je
ne suis pas votre père ! » Et alors... Ah!
malheureux!... Il m'a appelé ainsi , je
crois!... Et Ellen, qu'il me faut fuir, lorsqu'il y a une heure à peine!... — (Se prenant
la tête à deux mains.) — Ah! Dieu ! c'est la folie que je sens monter là comme une
flamme!...

Green paraît dans l'antichambre et vient à Richard, qui ne le voit pas.

GREEN, en scène.

Mon compliment, Richard : je viens de
saluer votre père au passage... Vous l'avez
vu, je pense ?

RICHARD, machinalement, et se mettant à marcher
avec agitation.

Mon père ?... Oui... oh ! oui, je l'ai vu !...

GREEN, l'envisageant et essayant de le suivre.

Mais il me semble... Qu'est-ce donc ?
Vous avez la figure renversée. Il y a là des·
sous une querelle amoureuse... Je dois être
comme cela lorsque Sara Wallace me poi-
gnarde d'une raillerie... — Ah ! pardieu !
si vous voulez dire du mal des femmes, je
suis votre homme !... — (Il croit lui prendre
le bras; Richard échappe à son étreinte.) —Hein ?
Je me trompe ? Au fait, tout le monde n'a

pas maille à partir avec un roué de Versailles !

RICHARD, à lui-même, en marchant.

Et que faire, mon Dieu !... que faire ?
— La voir, lui avouer... — (Avec terreur.) —
Avouer !...

GREEN, le suivant.

Que diable avez-vous donc ?

RICHARD, s'arrêtant brusquement.

Fuir ! ... Il faut fuir !...

Il se remet en marche, au moment où Green va
lui prendre le bras.

GREEN.

Fuir !... C'est ce que vous faites ; mais
je suis entêté !... — (Le saisissant.) — Enfin,
je vous tiens : ce n'est pas sans peine, et
vous allez me dire...

RICHARD, presque égaré, le regardant.

Dire ! Quoi dire ?... — (Se dégageant.) —
Non, non ! je n'ai rien à dire !... —
Adieu !

Il marche rapidement vers le fond.

GREEN, stupéfait.

Adieu ? Mais où allez-vous ?

RICHARD, s'arrêtant à demi.

A West-Point, et, si Dieu m'écoute, à la mort !...

Il disparaît.

GREEN, seul, revenant en scène.

Ah ! ma foi ! j'y renonce !... — (S'asseyant à droite.) — Ouf ! je suis sur les dents !...

Il s'évente avec son chapeau. — Brushop arrive du fond, en toute hâte, l'air effaré.

SCÈNE IX.

BRUSHOP, GREEN.

BRUSHOP, venant à Green, d'une voix altérée.

Major, puis-je vous entretenir librement ?

GREEN, le regardant.

Bon ! encore un mystère !... — (Se levant agacé.) — Librement, soit ! mais surtout clairement !

BRUSHOP.

Il a reparu, il est venu, il était ici, tout à l'héure ; et, le croiriez-vous, major ? il est au service du général Arnold !...

GREEN.

Ah ! ça ! en aurai-je bientôt fini avec les énigmes ? De qui s'agit-il ?

BRUSHOP.

De Jotham !

GREEN, frappant du pied.

Qu'est-ce que Jotham ?

BRUSHOP.

Quoi ! major, vous avez oublié ?... —
Qu'est-ce que Jotham !... — Vous souvenez-vous de ce détachement américain qui,
après la bataille de Bunker's Hill, tomba,
de nuit, dans une embuscade ?...

GREEN, se souvenant.

Oui, pardieu !... Un vrai massacre !

BRUSHOP.

Le détachement avait pour éclaireur...

GREEN, vivement.

Jotham ! Je me souviens !... —Eh bien !
on instruisit l'affaire, il y eut conseil de
guerre, l'éclaireur fut acquitté.

BRUSHOP.

J'ai toujours entendu dire que, si la justice des hommes ne se trompait jamais, elle
serait la justice de Dieu !...

GREEN, frappé.

Hein ?...

BRUSHOP.

Interrogez les vieux soldats comme moi :

ils pensent autrement que le conseil de
guerre ! — (Se frappant le front). — Et j'ou-
bliais !... Le bruit a couru qu'après le ju-
gement, Jotham avait pris du service dans
l'armée anglaise !

GREEN, inquiet.

Diable !... Et vous dites que Jotham...

BRUSHOP.

Fait partie de l'état-major d'Arnold... Je
viens de les voir ensemble.

GREEN.

Oh ! oh !... — Votre avis là-dessus ?

BRUSHOP.

Jotham est capable de tout !

GREEN.

Mais, au service d'Arnold !...

BRUSHOP.

Surtout au service d'Arnold, gouverneur
de West-Point !...

GREEN, de plus en plus frappé.

Notre principale forteresse !... Mais, par
Saint-Georges ! voilà quelque chose d'horrible à penser !...

BRUSHOP.

Au lieu de penser, major, ne vaudrait-il
pas mieux agir ?

GREEN.

C'est juste ! Surveillance continuelle et,
à la moindre allure douteuse, arrestation
de Jotham. Il faut concerter cela. Venez,
Brushop.

Il marche vers le fond. — On aperçoit, à droite,
Martha donnant le bras à Ellen et suivie de Sara.

BRUSHOP, les apercevant.

Major, voici madame Washington...

GREEN, contrarié.

Ah !... Eh bien ! Brushop, chez moi, dans
un instant.

Brushop sort par le fond. Green revient en scène et salue les dames, au moment où elles y arrivent.

SCÈNE X.

GREEN, MARTHA, ELLEN, SARA.

MARTHA, après avoir répondu au salut de Green.

Major, le conseil est encore en séance ?

GREEN.

Oui, Madame, mais pas pour longtemps,
je crois.

Martha remercie d'un signe de tête et vient, avec
Ellen, à l'extrême droite, pendant que Sara traverse la scène et marche vers Green à l'extrême
gauche.

MARTHA, à Ellen.

Et vous avez vu le général, ce matin ?...

ELLEN.

Oui, ma mère, et si vous saviez !...

Elles remontent en causant affectueusement et restent quelque temps au fond.

SARA.

Vous serez donc toujours le même, major !...

GREEN.

Je ne changerai jamais, miss Sara, si vous me permettez de vous aimer toujours !...

SARA.

Un madrigal !... Bien ! Mais la raison de ces bouderies, depuis notre départ de Mount-Vernon ?... Heureusement, vous allez redevenir aimable : monsieur de Marsan vient, dit-on, de quitter White-Plains...

GREEN, étonné.

Ah !... — (Il réfléchit).

SARA, raillant.

Vous voilà tranquille !...

GREEN, frappé, entre ses dents.

Quelle coïncidence !... Ces départs, le même jour, presque à la même heure !...

SARA.

Plaît-il ?...

GREEN, même jeu.

En vérité, plus j'y songe... — Arnold, Jotham, Richard désespéré, et ce Français !... Oh ! quel plan infernal... si c'en est un !... — Courons !...

Il fait un pas de retraite.

SARA.

Ah ! ça, major, à qui, de qui et de quoi parlez-vous ?....

Martha et Ellen reviennent en scène.

GREEN.

Pardon , miss Sara... Vous ne savez pas... vous ne comprenez pas...

SARA.

Faites-moi comprendre ! — Passe pour « ce Français ! » Je devine. Mais le désespoir de Richard, qu'est-ce que cela signifie ?

ELLEN, entendant.

Comment! Richard ?...

SARA, à Green.

Ah! nous voilà en nombre, et il faudra bien que vous nous disiez...

GREEN.

De grâce, miss Sara ! ...

MARTHA, remarquant l'inquiétude d'Ellen.

Le major aura la bonté de nous expliquer...

ELLEN, nerveuse.

Il est impossible que... Vous aurez mal entendu, Sara?...

SARA.

Nous allons voir ! Eh bien! major, daignerez-vous parler?...

MARTHA, à Green.

Je vous en prie...

GREEN, cherchant ses mots

Mon Dieu! Madame, j'aurais besoin moi-même qu'on m'expliquât... — Enfin, voici ce que je sais. — Tout à l'heure, j'ai trouvé ici le capitaine Richard, troublé, agité... Il venait d'avoir une entrevue avec son père...

ELLEN, anxieuse.

Ah!...

SARA.

Après, major, après ?

GREEN.

J'ai voulu m'informer. Il m'a répondu quelques mots incohérents, puis il est sorti dans un état d'exaltation extrême, et j'ai cru comprendre qu'il partait pour West-Point.

ELLEN, comme à elle-même.

Et pourquoi ?

SARA.

Tout cela n'est pas clair.

MARTHA, voyant l'anxiété croissante d'Ellen.

Vous avez raison, Sara, mais je pense qu'un mot du général éclaircira tout, et je vais lui parler à l'instant.

Elle serre la main à Ellen, pensive, et sort vivement par la gauche.

ELLEN, passant à l'extrême gauche, à part.

Il a vu son père, il part pour West-Point, et pas un mot d'adieu !

SARA, à Green, allant un peu vers le fond.

Pauvre Ellen !... — Richard est encore à White-Plains ?...

GREEN.

Peut-être.

SARA.

Je vous en prie, qu'il vienne sur-le-champ !

GREEN.

J'avais donc deviné : chagrin d'amour ! — Allons ! je ne suis pas le seul !

SARA.

Courez, ramenez-le, et je vous pardonne..

GREEN, étonné.

Quoi donc ?...

SARA.

Mon Dieu !... tout le mal... que je vous
ai fait !...

GREEN.

J'obéis. — (Il sort, en courant, par le fond.)

SCÈNE XI.

SARA, ELLEN.

ELLEN, à part, allant à droite.

Pourtant, Washington m'avait dit :
« Confiance ! »

SARA, allant à Ellen, à part.

Viendra t-il ? — (A Ellen). — J'aime à
croire que vous n'allez pas vous désoler, ma
chère Ellen... Je parie que le major a ra-
conté tout de travers...

ELLEN.

Sara, vous souvenez-vous de vos enfan-
tillages de Mount-Vernon ? Vous vouliez
un orage dans votre ciel bleu. Je n'en voulais pas, moi, et le voici peut-être !

SABA, gaiement.

Mais vous connaissez le proverbe : *Après l'orage.* . — (Ellen secoue la tête —Sara, en regardant dans l'antichambre, — à part). — On vient... C'est lui ! — (On aperçoit Richard) — Quel front soucieux !

Elle glisse doucement vers la sortie de droite, se retourne vers Richard, sur le seuil, lui fait un geste suppliant en lui montrant Ellen, et disparaît.

SCÈNE XI.

RICHARD, ELLEN.

ELLEN, se retournant au bruit.

Richard !... — (Elle fait un pas vers lui.) — Ah ! Dieu merci ! ce n'est pas vrai !...

RICHARD, s'avançant, les yeux baissés.

Miss Ellen...

ELLEN, reculant, comme frappée au cœur.

Trop vrai, au contraire !... — (Silence.) — Vous quittez White-Plains ?...

RICHARD, balbutiant.

Ah ! on vous a dit ?... —Oui, miss Ellen, je pars... — (Silence.)

ELLEN.

Votre père vous rappelle auprès de lui ?...

RICHARD, avec amertume.

Mon père ?... — Oui, le général Arnold
a réclamé ma présence, et...

ELLEN.

Et vous veniez me dire adieu, n'est-ce
pas, Richard?...

RICHARD, saisi.

Moi! je... — (Se reprenant). — Il est vrai,
miss Ellen... je venais...

ELLEN, ne contenant plus son chagrin.

Ah! Richard! Richard!... Il faudrait pourtant dire la vérité!

RICHARD, passant à droite, à part, avec terreur.

La vérité?... Oh! jamais!...

ELLEN.

« Croire,—aimer! » disions-nous ce matin...

RICHARD.

Aimer! Ellen! mon Dieu! est-ce que je
puis cesser d'aimer!...

ELLEN.

Mais, moi, est-ce que je puis croire encore?... — (Richard hésite, fait un effort pour
parler, et se cache le visage dans les mains avec
douleur.) — Vous voyez bien!...

RICHARD, fiévreux.

Ce que vous pouvez croire, Ellen, c'est que jamais cœur plus sincère, plus dévoué, plus ardent que le mien ne se donna sans réserve à une femme ! — Ce cœur, accueillez-le ou dédaignez-le, ayez pitié de lui ou mettez le sous vos pieds : il est à vous, tant qu'il battra ! Voilà ce que vous pouvez croire !

ELLEN, avec tendresse, lui tendant la main.

Richard !...

RICHARD, se dégageant doucement.

Mais ce que vous pouvez, ce que vous devez croire aussi, c'est que jamais âme généreuse ne s'est émue de compassion pour des douleurs plus poignantes que les miennes !...

ELLEN.

Lesquelles ? J'en veux ma part !

RICHARD, la regardant avec douleur.

Votre part ?... — Ah ! vous ne savez pas ce que vous demandez !... Une part de mes tortures, à vous, que j'adore, à vous, dont je voudrais tarir la moindre larme au prix de mon sang, quand, pour les subir, ce n'est pas assez, — non ! — du courage d'un homme !...

ELLEN.

Quel malheur vous a donc frappé que je ne puisse connaître ?... En est-il d'autres pour nous que la rigoureuse volonté de votre père ? Cette volonté, si cruelle pour le présent, menace-t-elle l'avenir, et doit-elle l'emporter sur l'affection même de Washington !...

RICHARD, affolé.

Ah ! ne prononcez pas ce nom, qui est pour moi comme une sentence !... Laissez-moi, mon Dieu ! laissez-moi !

Il s'élance vers le fond.

ELLEN, essayant de l'arrêter.

Richard ?... Vous me rendez folle !... Vous ne voulez donc plus que je vous aime !...

RICHARD, s'arrêtant.

Moi !... je ne veux plus ! Ah ! ciel !... — (Se maîtrisant par un effort terrible.) — Ellen, je ne sais, je ne puis vous dire qu'une chose : c'est que je mourrai en prononçant votre nom !... — Adieu !

Il se précipite au dehors.

ELLEN, avec un cri et se couvrant le visage de ses mains.

Ah !...

Martha, au même instant, paraît sur le seuil, à gauche.

SCÈNE XII.

MARTHA, ELLEN.

MARTHA, allant à Ellen et lui tendant les bras.

Ellen !...

ELLEN, levant la tête.

Ma mère !...

MARTHA, lui prenant les mains.

Il est venu ?

ELLEN, d'une voix brisée.

Il part !... — (Elle appuie son front sur l'é-
paule de sa mère.)

MARTHA.

Bien malheureux, sans doute ! C'est une
dure épreuve et pour lui et pour vous,
Ellen...

ELLEN, désolée.

Il est désespéré... et moi aussi !

MARTHA.

Non ! non ! je connais ma fille et son
courage ! Et quant à lui, Ellen, il a fait ce
que vous feriez sans hésiter : il a obéi à
son père ! — Toute séparation, quand on
aime, est un amer chagrin, qui s'exalte aisément lorsqu'on est deux... Je partage le
vôtre, mes enfants !... — (Ellen, profondément

touchée, baise les mains de sa mère.) — Mais gardez-vous d'en faire un désespoir !... — Dieu dicte les devoirs, impose les épreuves et commande l'espérance !... — (L'entourant de ses bras et l'entraînant doucement vers la droite.) — Venez, Ellen, venez...

ELLEN, s'abandonnant.

Oui... oui... Je veux vous croire... — (Elles marchent vers la droite. — S'arrêtant et jetant un regard en arrière, vers le fond.) — Ah ! si je pouvais espérer encore !...

La toile tombe.

ACTE III.

—

A White-Plains. — A gauche, on aperçoit la maison occupée par Washington et figurée par une façade avec porte exhaussée de quelques marches. — A droite, une petite terrasse laisse deviner la maison occupée par Mme Washington. Cette terrasse donne accès dans un parterre étroit, de forme circulaire, bordé, du côté de la scène, d'une légère barrière d'arbustes. Contre la barrière, et au-dedans, un siège rustique. — Au milieu de la scène, un grand pavillon de service, pittoresquement drapé et orné, et portant, au faîte, le drapeau américain déployé. — Au fond de la scène, dans toute sa largeur, quelques arbres voilant à demi un horizon qui est celui de l'Océan. — C'est l'après-midi.

SCÈNE I.

GREEN, seul, debout à l'entrée du pavillon, côté de la scène, prêtant l'oreille en regardant vers le fond ; puis SARA.

GREEN, seul.

Rien encore !... (Il consulte sa montre.) Cinq heures. — Aura-t-il réussi ? Je l'espère : Jotham est rusé comme un serpent, mais le vieux Brushop a l'œil sûr et la main ferme... — Ah ! j'ai la fièvre !... — (Il marche, regardant à droite.) — Là, on est

6

triste... Ce départ de Richard est un dé-
sastre.... — (Rêvant.) Un mystère peut-
être... Pourtant, j'y ai gagné, moi, quelques bonnes paroles de Sara, et si je pouvais
oublier monsieur de Marsan !... — (Près des
marches, à gauche.) — Mais n'oublions pas
l'autre affaire... — (Regardant la porte.) J'aurais dù prévenir Washington !... Il me
semble toujours qu'un malheur va arri-
ver... (Il monte les degrés et entrebâille la porte.)
— Il travaille, il pointe ses cartes... Bon
signe !... Nous touchons aux grands
coups... — (Il descend. — Sara paraît à droite
et marche lentement vers la barrière. — Green la
distinguant vaguement.) Quelqu'un dans le
jardin...

Il marche vers la barrière.

SARA, à la barrière.

Bonsoir, major.

GREEN, joyeux.

Par Saint-Georges ! c'est miss Sara !

SARA, s'accoudant.

Vous m'en voulez donc toujours ?

GREEN.

Moi, miss Sara ?

SARA.

Vous savez que nous retournons, demain

matin, à Mout-Vernon, madame Washington, Ellen et moi, et la pensée ne vous est
pas venue de nous souhaiter un bon voyage !

GREEN, se frappant le front.

C'est vrai !... Ah ! miss Sara, daignez
m'excuser. Depuis quelques jours, depuis
le départ de Richard, j'ai sur les bras une
affaire... ou peut-être deux... ou peut-être
trois... Je m'y perds !...

SARA.

Et peut-on savoir ?...

GREEN.

Rien de plus simple... — (S'interrompant
brusquement). — Non, impossible !... C'est...
de la politique !...

SARA, paraissant piquée.

Vous êtes d'une galanterie... à rendre
jaloux monsieur de Marsan !...

GREEN, déconcerté.

Pardon, miss Sara... Je voulais dire...

SARA, gaîment.

Que vous ne voulez rien dire : j'ai compris ! — (Sérieuse). — Dites-moi, cependant,
je vous prie, si vous n'avez aucune nouvelle
du capitaine Richard Arnold... Vous devinez à quel titre je m'intéresse à lui ?

GREEN.

Je pense que Richard est à West-Point.
— (Prêtant l'oreille). — Ah ! c'est lui, sans
doute !

SARA, étonnée.

Qui ? Richard ?

GREEN.

Non, Brushop, que j'attends.

SARA.

Et vous n'avez rien appris qui puisse
éclaircir cet étrange mystère ?...

GREEN, préoccupé.

Quand nous tiendrons ce drôle, il n'y
aura plus de mystère !...

SARA, blessée.

Comment ! major, vous parlez en ces ter-
mes d'un ancien ami !...

GREEN, indigné.

Un ancien ami, ce misérable !...

SARA, indignée.

Encore ! Mais qu'a donc fait Richard ?

GREEN, stupéfait.

Qui parle de Richard ?

SARA, comprenant le quiproquo.

Ah bon ! nous reprenons la conversation de l'autre jour !... — (Pesant sur les mots.) — Major, nous vous demandons, Ellen et moi, Ellen surtout, ce que vous pensez du capitaine Richard Arnold.

GREEN.

Il doit être désolé !...

SARA.

Et Ellen donc !...

GREEN, rêvant.

Pourvu qu'il ne soit pas coupable !..

SARA, saisie.

Comment ? De quoi ?

GREEN, avec énergie.

Mais non, non !... Un homme brave et loyal comme son épée !...

SARA, joyeuse.

Ah ! merci, major ! Votre sentiment est précieux, et Ellen vous en sera reconnaissante. — (On entend du bruit au fond. Green prête de nouveau l'oreille) — Allons, je vous laisse à la politique et je vais essayer de consoler un cœur malade... — (Avec sensibilité) Major, on dit que la guerre va recommencer... Songez qu'une amie sincère fera des vœux pour vous...

GREEN, touché.

Miss Sara... Mon Dieu ! pourquoi êtes-vous si bonne, au moment de la séparation !...

SARA, affectant un ton léger.

Je me rattraperai à votre retour...à votre heureux retour, major Green. — (Plusieurs personnages paraissent au fond, derrière le pavillon). — On vient : adieu !

Elle lui donne la main, qu'il baise. Elle disparaît.

SCÈNE II.

GREEN, UN GÉNÉRAL, UN COLONEL, un grand nombre d'officiers, la plupart restant groupés sous le pavillon, quelques-uns venant en scène.

GREEN.

Enfin, voilà Brushop ! — (Se retournant vers les arrivants.) — Ce n'est pas lui !... Que veut dire cela ?... — (S'avançant et saluant) — Général... Messieurs...

LE GÉNÉRAL, s'avançant, pendant que les officiers en scène restent un peu en arrière.

Major, tout ne va pas bien au camp...

GREEN, saisi.

Que se passe-t-il donc, général ?...

LE GÉNÉRAL.

Rien d'irréparable encore, je l'espère ;
mais tout désordre est chose grave en ce
moment. Jugez vous-même s'il importe
d'en référer à Son Excellence.

Du regard et du geste, il invite les autres officiers en scène à se rapprocher, ce qu'ils font.

GREEN, troublé, à part.

Que vais-je apprendre ?...Et Brushop qui
ne revient pas !... — (Haut). — Quelque ré-
bellion ? quelque violence ?...

LE GÉNÉRAL.

Non, mais des murmures, une sorte de
panique, des bruits dont on ne peut distinguer l'origine et qui se propagent avec une
désolante rapidité. — (Aux officiers). — C'est
bien cela, n'est-ce pas, Messieurs ?

LE COLONEL.

Oui, général.

GREEN.

Des bruits ?... Mais lesquels ?...

LE GÉNÉRAL.

Eh bien! les soldats se disent les uns aux
autres : « On nous trompe ; les Français
» nous ont abandonnés... »

GREEN, frappé.

Les Français !... Oh ! mes soupçons !...

LE GÉNÉRAL, continuant.

« West-Point est menacé ; Arnold n'est » pas sûr... »

GREEN, de plus en plus frappé.

Ah ! malédiction !...

Washington paraît sur le seuil, à gauche.

LE GÉNÉRAL.

Enfin, le mot de trahison circule dans les rangs...

GREEN, désolé.

Ah ! trop tard !... trop tard !...

SCÈNE III.

Les précédents, WASHINGTON, sur le seuil ; puis BRUSHOP.

WASHINGTON.

Qui parle ici de trahison ?...

TOUS, saisis, d'une voix sourde.

Washington !...

Il descend et vient en scène. Green est à l'extrême gauche ; le général et les officiers, à droite ; Washington, au milieu.

LE GÉNÉRAL, répondant au regard interrogateur de
Washington.

Excellence, il s'agit de quelques paroles
fâcheuses, colportées dans le camp plus
haut qu'il ne convient, et que la prudence
nous faisait un devoir de vous révéler... —
On doute de l'alliance française... On soup-
çonne Arnold...

WASHINGTON, sévèrement.

Les Français?... Arnold?... On a dit
cela? — (Tous les officiers s'inclinent. — Brushop
arrive du fond en toute hâte et se glisse auprès de
Green.) — Messieurs, il faut mépriser ces
absurdes inventions...

GREEN, à part.

Absurdes? Oh! non!... et si Brushop
avait réussi!...

BRUSHOP, lui touchant le bras.

Me voici, major!

GREEN.

Ah! je puis parler!... — (A Washington)—
Si Votre Excellence daignait accueillir mon
avis?...

WASHINGTON.

Dites-le.

90

GREEN.

Je crois que le désordre dont on se plaint est l'œuvre d'un espion audacieux...

WASHINGTON.

Un espion ?

GREEN.

On s'est emparé de lui.

Brushop remonte vivement au fond, où il fait signe. Deux dragons paraissent tenant Jotham entre eux et le poussent en scène.

WASHINGTON.

Qu'on l'amène !

SCÈNE IV.

Les précédents, JOTHAM, venant en scène.

GREEN.

Le voici, Excellence. — C'est Jotham, un officier d'Arnold.

WASHINGTON, sévèrement.

Il faut des preuves !

GREEN.

Plaît-il à Votre Excellence d'interroger Brushop ?

WASHINGTON, à Brushop.

Eh bien ?

BRUSHOP.

Excellence, depuis plusieurs jours, le lieutenant Jotham n'a cessé de répandre dans le camp de l'or et des paroles séditieuses, et cela au nom du brave général Arnold !... Je l'ai pris sur le fait.

WASHINGTON, à Jotham.

Vous n'ignorez pas le châtiment qui vous menace. Un aveu sans réserve peut seul vous valoir quelque pitié.

JOTHAM, d'une voix sourde.

J'ai suivi, en toute chose, les ordres du général Arnold!...

Exclamations.

WASHINGTON, avec dégoût.

Misérable, qui ne recule pas devant un nouveau mensonge!...

JOTHAM.

Le général Arnold, par l'entremise du major Andrew, a traité avec les Anglais ! A cette heure, le drapeau britannique flotte sur les murs de West-Point !...

Exclamations.

WASHINGTON.

Sur ton âme, espion, dis-tu vrai ?

JOTHAM.

Le gibet m'attend : pourquoi menti-
rais-je ?...

WASHINGTON, comme foudroyé.

Grand Dieu !...

Sur un signe de Green, Brushop entraîne Jotham, que les dragons ressaisissent et ramènent au
fond, où ils disparaissent avec lui.

LE GÉNÉRAL, atterré.

West-Point, notre arsenal !...

GREEN

Notre base d'opérations !...

WASHINGTON, d'une voix terrible.

Le rempart de l'indépendance !... (Exclamations désespérées.) — Quand demain, aujourd'hui, dans une heure peut-être, j'allais
donner le signal des suprêmes luttes !

Il s'affaisse une seconde sur lui-même.

LE GÉNÉRAL, aux officiers.

C'est la ruine de notre cause !...

WASHINGTON, se redressant.

Taisez-vous !... Non, je vous le jure,
moi, le plus vieux soldat de l'Amérique, ce
n'est pas en vain qu'avec l'aide de Dieu,
vous avez fait tant de miracles ! Vous avez
mérité la victoire et la liberté :. elles ne tra-

hiront pas votre espérance, et (Montrant le drapeau.) les étoiles de ce drapeau illumineront la terre ! — A l'œuvre !...

Lafayette arrive précipitamment par le fond.

TOUS.

A West-Point !

SCÈNE V.

Les précédents, LAFAYETTE.

LAFAYEYTE, arrivant en scène.

West-Point est sauvé !...
Exclamations.

WASHINGTON, lui prenant les mains.

Ah ! Monsieur !...

LAFAYETTE.

Le complot d'Arnold a échoué ! — (Exclamations. — A Washington.) De retour de ma mission, je débarquais, cette nuit, à une portée de mousquet de West-Point, où m'attendait l'escorte, lorsqu'un violent tumulte nous donna l'éveil. Nous arrivons sous les remparts : on entend le bruit d'une lutte ; nous nous élançons et nous prêtons main-forte aux soldats fidèles qui défendaient victorieusement leur honneur et le boulevard de la patrie. — Au même instant,

Arnold s'enfuyait et le major Andrew était fait prisonnier.

Exclamations.

GREEN, frappé d'une idée subite.

Et Richard, qui avait rejoint son père ?

WASHINGTON, frappé à son tour.

Oui, Richard ?...

LAFAYETTE, avec douleur.

On l'a vu fuir sur les traces d'Arnold !

Exclamations.

WASHINGTON, frappé au cœur.

Oh ! lui aussi !... (A part.) Pauvre Ellen !...

LE GÉNÉRAL.

Plaise à Dieu, Excellence, que nos malheurs s'arrêtent là et qu'on ait suspecté à tort les desseins de la France !

LAFAYETTE, tressaillant, et d'une voix sévère.

La France ?... Qui donc oserait l'accuser ?... — Serait-ce vous, général ?...

LE GÉNÉRAL, avec hauteur.

Question pour question, Monsieur. De quel droit m'interrogez-vous ?

LAFAYETTE.

Du droit qu'a tout honnête homme de prendre en mains la cause de son pays méconnu et outragé ! Je proclame devant vous tous la loyauté française, qui va bientôt s'affirmer à la face de l'Amérique !

WASHINGTON, avec un geste d'autorité.

Messieurs !... — (Se découvrant et désignant Lafayette). — Le général marquis de Lafayette !

TOUS.

Lafayette !...

WASHINGTON.

Oui, l'homme qui a traversé deux fois les mers pour nous offrir son épée et sa fortune, et à qui nous devons l'alliance française ; l'homme qui, le premier, dans l'ancien monde, salua d'un cri d'enthousiasme l'aurore de nos libertés !

Tous, excepté Washington et Green, qui est anéanti, s'inclinant d'abord, puis d'un élan spontané.

Hurrah ! hurrah ! Lafayette !

On l'entoure, on le presse, on lui serre les mains. Le groupe du fond se grossit d'officiers et de soldats, qui répètent les acclamations. — Tout à coup le bruit lointain du canon domine le tumulte.

LAFAYETTE.

Ecoutez !... (Silence. Nouvelles détonations. — Se découvrant et agitant son chapeau.) C'est le canon de Rochambeau ! c'est la voix de la France !...

TOUS.

Hurrah ! hurrah ! France ! France !...

WASHINGTON, avec un geste et une voix de commandement.

Que l'étendard français flotte sur le quartier-général, à côté des couleurs américaines !...

Silence. Le drapeau français est arboré à côté du drapeau américain. — Tout le monde salue du chapeau et de l'épée. — Sonnerie de trompettes.

TOUS.

Hurrah ! hurrah !...

WASHINGTON, à Lafayette.

Venez, Monsieur, montrez-vous au camp: il verra en vous le gage vivant de la victoire !

Une haie d'officiers se forme spontanément jusqu'au fond. Washington et Lafayette se tenant par la main, suivent cette haie. A leur sortie, hurrahs, détonations d'artillerie, sonnerie de trompettes.

La toile tombe.

ACTE IV.

—

Le décor du troisième acte. — Le jour baisse. —
Au lever du rideau, des clameurs lointaines et con-
fuses retentissent vers le fond, par où Green revient
lentement. Ellen, à l'extrémité du perron, prêtant
l'oreille du côté de la campagne.

—

SCÈNE I.

GREEN, à gauche, encore au fond ; ELLEN, à droite,
écoutant.

GREEN, venant en scène et faisant allusion aux
clameurs.

Quel triomphe !... Et le triomphateur,
c'est monsieur de Marsan, c'est Lafayette !...
— Tout est bien fini pour moi !... Quelle
figure vais-je faire maintenant devant Sara,
déjà si dédaigneuse?... — (Ellen vient en scène
et marche vers la barrière.) — Lafayette !...
Voilà bien les Français !... S'amuser à être
grand homme incognito !...

Il rêve.

ELLEN, arrivant à la barrière, d'un pas fébrile.

Ah! quelqu'un !... C'est le major Green !

GREEN, encore rêveur.

Qui me parle ? Miss Ellen, je crois ?...

ELLEN, le joignant, d'une voix tremblante.

Oui, major... Que faut-il penser de ce tumulte ? Est-ce un malheur ?

GREEN, machinalement.

Non, miss Ellen : des cris de joie, des hurrahs.

ELLEN.

Et la cause ?...

GREEN.

Monsieur de Lafayette, qui a été reconnu... Car, vous ne savez pas, miss Ellen ? monsieur de Marsan, c'est monsieur de Lafayette !...

ELLEN, fiévreuse.

Je le savais...

GREEN.

Ah ! vous auriez bien dû me le dire !...

ELLEN.

Ce n'était pas mon secret... — Mais, pardon, major... J'avais cru, tout à l'heure, distinguer, au milieu des cris, le nom... d'Arnold prononcé avec colère... Je me suis trompée, sans doute ?...

GREEN.

Oh ! non, par Saint-Georges ! vous avez bien entendu !...

ELLEN, frappée au cœur.

Ah !... le général Arnold ?...

GREEN, la regardant, et frappé d'un souvenir, à part.

Ah ! mon Dieu !... j'avais oublié... — (Haut.) Vous avez entendu, miss Ellen : il est donc bien inutile...

ELLEN, nerveuse.

Je ne sais rien, vous dis-je, et je vous prie en grâce...

GREEN, hésitant.

Puisque vous l'exigez !... — Eh bien ! monsieur de Lafayette nous a confirmé la nouvelle de la... défection d'Arnold...

ELLEN.

Ciel !... Il y avait donc...

GREEN.

Un complot pour livrer West-Point.

ELLEN

Dieu tout-puissant !...

GREEN, vivement.

Mais rassurez-vous, miss Ellen, tout est rentré dans l'ordre.

ELLEN.

Et Arnold ?

GREEN.

En fuite !

ELLEN, laissant éclater sa douleur.

Ah! voilà donc ce que Richard pressen-
tait en me quittant !... Voilà donc l'horrible secret que je ne pouvais deviner !... —
Oh ! malheureuse !...

GREEN, se souvenant encore, à part, avec anxiété.

Pourvu qu'elle ne me demande pas !. .

ELLEN, comme à elle-même.

Et il a pu le garder, lui, ce secret !... —
Son père !... Est-ce qu'il y a des liens de
famille assez puissants pour imposer un
pareil silence, pour commander un tel respect !... — Devant Dieu, major, dites-moi
si un fils a le droit de celer la pensée du
père quand cette pensée est un crime de
lèse-patrie !...

GREEN.

Mais Richard ignorait peut-être, en par-
tant, les desseins d'Arnold ?...

ELLEN, avec un éclair de joie.

Il ignorait ?... Oui... peut-être... — Oh !
oui, major, vous avez raison !... Est-ce

qu'il pouvait savoir où prévoir?... Son désespoir , c'était la certitude qu'Arnold
s'opposait à nos projets d'union... Je le
crois, j'ai besoin de le croire... — (Tendant
la main au major, qui la touche avec respect) —
Merci , major , merci !... — (Comme à elle-
même.) — Je l'outrageais !... Hélas ! plus
de bonheur ! mais quand tout se brise entre nous, Dieu nous est clément encore,
puisqu'il nous garde, à lui, l'inviolable
honneur, à moi, le légitime regret !...

Elle rêve douloureusement.

GREEN, à part.

Allons ! je n'aurai pas le chagrin de lui
apprendre... Et si je pouvais... — (Haut) —
Miss Ellen, voici la nuit, et peut-être madame Washington, inquiète de votre absence...

ELLEN, avec douceur.

Ma mère ?... Vous avez toujours raison,
major... Pauvre mère ! elle aimait tant Richard, déjà !...

GREEN, la guidant vers le parterre.

Daignez prendre ma main.

ELLEN, s'appuyant sur son bras.

Que vous êtes bon, major, et que vous
méritez d'être heureux !...

Ils marchent vers la barrière.

GREEN.

Mille grâces !... — (A part). — Le souhait arrive à propos !...

ELLEN, s'arrêtant à la barrière et hésitant.

Major, dites-moi, je vous prie, si l'on a eu des nouvelles... personnelles du capitaine Richard...

GREEN, tressaillant.

Ah ! vous voulez ?...

ELLEN, se dégageant.

Votre main a frémi !...

GREEN.

Miss Ellen... toutes ces émotions !...

ELLEN, nerveuse, revenant en scène.

Ah ! je puis tout entendre et je veux tout savoir !...

GREEN, à part.

Et moi, je voudrais bien ne pas tout dire!..

ELLEN, le regardant fixement.

Quelque autre malheur ? O Dieu ! ce n'est donc pas assez ! Richard ?... Vous ne répondez pas !... (Allant à lui et lui saisissant le bras avec un cri.) — Il est mort !...

GREEN, d'une voix sourde.

Non, miss Ellen, non !... — (à part). — Plût à Dieu !...

ELLEN, lisant sur ses traits.

Non ! dites-vous... — Grand Dieu!... Richard, mon fiancé, mon orgueil, l'homme que Washington voulait nommer son fils, à qui ma mère ouvrait d'avance ses bras et son cœur! Mais dites-moi donc que ce n'est pas vrai, que j'ai mal compris!... Est-ce que cela est possible!... Aujourd'hui encore, Sara me l'a répété, vous disiez de lui : « Brave et loyal comme son épée! » O major! je vous en supplie, détruisez en moi cette pensée, cet épouvantable soupçon!... Il faut voir ces choses-là pour y croire!... Qui l'a vu? qui le sait? qui l'a dit? Vous?...

GREEN

Moi? Non, miss Ellen.

ELLEN.

Qui donc, alors, je vous conjure ?

GREEN.

Monsieur de Lafayette, en arrivant de West-Point...

ELLEN, affolée.

Et il affirme... il est sûr?... (Green baisse tristement la tête.) Ah ! voilà le dernier coup !... O mon Dieu ! c'est trop ! c'est trop !...

Elle chancelle. Green tend ses deux bras, où elle s'appuie. — Silence.

GREEN, doucement.

Miss Ellen, pourquoi n'avez-vous pas suivi mon conseil ?...

ELLEN, essayant de se calmer.

Oui, c'est une folie d'aller au-devant des malheurs... Ils arrivent toujours assez tôt !... — Et puis qu'est-ce que je fais là, pleurant et me désespérant devant un vaillant soldat, qui, lui du moins, a mieux à faire ?... — (Essuyant ses larmes.) — Ah ! major, que je vous porte envie !... Vous pouvez avoir, vous aussi, vos intimes douleurs, mais tout s'oublie ou s'ennoblit au service des grandes causes... — Nous autres, faibles créatures, que nous reste-t-il, quand notre cœur s'est brisé ou glacé ?... Des plaintes, des larmes, le désespoir, — la sombre résignation pour les meilleures !... — Allez, major, allez aux devoirs, vous qui avez des devoirs à remplir ; allez aux sacrifices, vous dont les sacrifices peuvent préparer une victoire ; allez au plus noble des amours, celui de la patrie et de la liberté !...

Elle franchit la barrière.

GREEN.

La brave enfant !... — Elle a raison : j'ai encore une épée, et le pays en a besoin ! — Allons ! (Il sort rapidement par le fond.)

SCÈNE II.

ELLEN, seule dans le parterre ; puis RICHARD
et BRUSHOP, allant et venant.

ELLEN, seule, éclatant.

O Dieu ! c'est plus que l'amour qui s'é-
teint en moi !... Est-ce que je ne vais plus
croire à rien, ni en personne, ni en moi-
même !...

Elle fait un effort comme pour s'arracher à la
scène ; puis, abattue, écrasée, elle se laisse tomber
avec un sanglot sur le banc rustique. — Richard
paraît au fond, suivi de Brushop, qui semble ne
pouvoir le reconnaître.

RICHARD, venant en scène,en traversant le pavillon,
à lui-même.

Naguère, j'entrais ici, le cœur ouvert à
toutes les espérances. Et maintenant !...

BRUSHOP, derrière lui, à part.

Est-ce lui ou son ombre ?... — (Richard se
retourne). — Le capitaine Arnold !...

RICHARD, reculant.

Arnold !... Moi !... — (A part). — Oh ! ce
nom !... — (Haut, avec amertume). — Avez-
vous reçu l'ordre de me chasser comme un
vagabond ?...

Ellen fait un brusque mouvement d'attention.

BRUSHOP, balbutiant.

C'est que... Son Excellence va revenir !...

RICHARD.

Eh bien ! qu'ordonnez-vous de moi, en attendant Son Excellence ?...

ELLEN, à part.

Sa voix !...

Elle se lève.

BRUSHOP.

Moi... je... — (A part.) — Il me fait peur !...

Il recule jusqu'au fond, où on l'entrevoit de temps en temps.

SCÈNE III.

RICHARD, à gauche ; ELLEN, à droite.

RICHARD, regardant vers la gauche et arrêtant ses regards sur le drapeau américain.

Allons ! adieu à l'honneur militaire !...

Il rêve.

ELLEN, écoutant, à part.

Je n'entends plus rien...

RICHARD, regardant vers la droite.

Elle est là, faisant peut-être des vœux pour moi, si elle ignore... et, si elle sait tout, arrachant, un à un, de son cœur les souvenirs de notre amour!...— (Marchant vers la barrière). — Un dernier regard sur cette maison, et puis, je ne la verrai plus qu'à travers la nuit de mon âme !...

Il est près de la barrière.

ELLEN, l'apercevant et reculant.

Ah!...

RICHARD, franchissant la barrière et s'arrêtant, pétrifié.

Dieu! Ellen!...

ELLEN, reculant encore avec effroi.

Que voulez-vous de moi, Monsieur ?...

RICHARD.

Je vous jure que le hasard seul... — Eh bien! non, ce n'est pas le hasard, c'est la Providence qui, à cette heure terrible, permet que je me rencontre avec vous!...

ELLEN, avec un calme méprisant.

La Providence?... Vous avez raison, Monsieur : elle a voulu, sans doute, en nous rapprochant une dernière fois, consacrer solennellement notre séparation!

Elle marche vers la terrasse.

RICHARD.

Miss Ellen!... (Elle s'arrête.) Par tout ce

qu'il y a de plus sacré au monde, un mot,
un seul mot!...

ELLEN, se retournant et croisant les bras.

Un mot ? soit ! — Lâcheté !

RICHARD, reculant, anéanti.

Oh!...

ELLEN.

Mais rassurez-vous : je prends ma part
de cette sentence. J'ai été lâche, moi aussi!... (Richard la regarde avec stupeur.) — Je l'é-
tais, lorsque, avant de partir pour West-
Point, vous torturiez un cœur tout à vous,
lorsque vous me livriez au doute et au désespoir, et que je ne pouvais cesser de vous
aimer!...

RICHARD, avec une lueur d'espoir.

Mon Dieu !...

ELLEN.

Je l'étais, lorsque, seule, sans nouvelles
de vous, qui veniez de fuir, je vous défen-
dais contre moi-même et me rattachais,
malgré moi, aux plus frêles, aux plus folles
espérances !

RICHARD, s'abusant et faisant un pas vers elle.

Ah ! Ellen !...

ELLEN, reculant.

Je l'étais, tout à l'heure, lorsqu'on me disait le crime de West-Point, et que je ne voulais pas tout comprendre, et que je vous demandais, du fond de l'âme, pardon de vous avoir outragé, et qu'après ces combats terribles, malgré l'avenir et le bonheur perdus, je vous retrouvais vivant dans mon cœur, comme aux jours où il y avait encore pour moi un bonheur et un avenir !...

RICHARD, entièrement abusé et dans un ravissement douloureux.

Bonté céleste !...

ELLEN

Oh ! lâche que j'étais !... Mais je ne le suis plus, — et vous l'êtes encore !...

Elle se détourne vers la droite.

RICHARD, d'abord chancelant sous le coup, puis la retenant.

Ellen !... Par pitié, dites-moi...

ELLEN, lui faisant face.

Pourquoi je vous juge ainsi? Ne le demandez pas !... Je suis capable de vous le dire !...

RICHARD.

Oh ! dussè-je être foudroyé à l'instant !...

ELLEN, prête à l'accabler et, par une brusque réaction, se faisant suppliante et désespérée.

Mais défendez-vous donc, si vous le pouvez !...

RICHARD, hors de lui.

Me défendre ?... Ah ! je le puis d'un mot !...

ELLEN, bouleversée.

Ciel !... — (Silence.)

RICHARD, rentrant en lui-même, à part.

Et quand je l'aurais dit, ce mot, qui serait une bassesse, en serais-je plus digne d'elle, en serait-elle plus à moi !...

Il se prend la tête à deux mains.

ELLEN, éperdue d'anxiété.

J'écoute !...

RICHARD, anéanti.

Je ne puis pas !... — (Avec un accent déchirant.) — Ah ! je ne puis pas !...

ELLEN, se tordant les mains, puis éclatant.

Eh bien ! je puis vous dire, moi, pourquoi vous êtes ici !...

RICHARD, balbutiant.

Ah ! pour souffrir mille fois plus que mon imagination n'aurait pu le concevoir !

ELLEN.

Vous êtes ici pour accomplir votre œuvre jusqu'au bout ! Il vous a été si facile de me tromper une fois, deux fois, toujours, vous connaissiez si bien l'aveugle fidélité de ce cœur, que vous avez rêvé de le faire tomber sans retour dans vos piéges !...

RICHARD, égaré.

Quelle pensée !...

ELLEN.

Ah ! oui ! ma pensée va loin dans le mal ! Je ne le connaissais pas, vous me l'avez révélé ; je le vois maintenant, je le devine, je le pénètre d'un seul coup, et je le démasque ! — Comme si ce n'était pas assez des trahisons passées et présentes, vous êtes venu me proposer de trahir l'honneur du foyer en fuyant avec vous !...

RICHARD, battant l'air de ses bras.

Mais je suis donc maudit du ciel et de la terre !... C'est l'abîme !...C'est l'abîme!...

ELLEN.

Oui! mais je n'y tomberai pas ! A défaut du devoir, l'orgueil m'en eût sauvée !... Si j'avais pu oublier les leçons sacrées de ma mère, la fille de Washington puiserait assez de fierté dans ce titre pour repousser à jamais le digne fils d'Arnold !

Elle sort précipitamment par la droite. On aperçoit Washington arrivant au fond, où il est rejoint par Brushop, qui lui parle.

SCÈNE IV.

RICHARD, à droite, WASHINGTON et BRUSHOP, à gauche.

RICHARD, anéanti.

Oh ! tant de honte !...

Il se laisse tomber sur le banc rustique.

WASHINGTON, en scène, à Brushop.

Lui !... — (Se maîtrisant et faisant un geste impératif.) — Soit !...

Brushop passe à droite.

BRUSHOP, à Richard.

Capitaine ? Son Excellence est là...

RICHARD, tressaillant et se levant.

Ah !... — Je vais subir ma dernière torture !...

Brushop, laissant passer Richard, s'en va par le fond. — Richard s'arrête à trois pas de Washington.

SCÈNE V.

WASHINGTON, RICHARD.

WASHINGTON, les bras croisés, sans regarder Richard.

J'ignore, Monsieur, ce qui peut vous ramener en ma présence. Quel que soit le but de votre étrange visite, parlez.

RICHARD.

Votre Excellence ne croyait donc pas que j'eusse aucun devoir à remplir ?...

WASHINGTON.

Depuis quelques heures, je m'efforce de vous oublier, vous et tout ce qui vous touche.

RICHARD.

L'oubli est, en effet, la seule faveur que je puisse désormais ambitionner, et c'est pour l'obtenir que je suis venu prier Votre Excellence de reprendre ma commission !

WASHINGTON.

Voilà une surprenante délicatesse, après ce qui s'est passé ! — N'importe, il suffit. Vous pouvez vous retirer.

RICHARD, accablé, mais faisant un effort.

Je supplie Votre Excellence de m'écouter encore...

WASHINGTON, menaçant.

N'est-ce donc pas assez ?... Prenez garde !...

RICHARD, avec amertume.

Les malheureux sont toujours importuns !... Puisque Votre Excellence l'ordonne...

Il fait un pas de retraite.

WASHINGTON, intéressé.

Je vous écoute, Monsieur.

RICHARD, revenant.

J'ai tout perdu, et il ne me reste plus qu'à mourir... — (Washington, frappé, le regarde.) — Je prie humblement Votre Excellence de me laisser mourir sous le drapeau américain.

WASHINGTON, étonné.

Sous le drapeau américain, vous ?...

Il médite en le regardant.

RICHARD.

Le cœur d'un chef magnanime doit comprendre un tel vœu !

WASHINGTON, d'un ton froid.

Vous comptez beaucoup sur mon cœur, Monsieur, et bien peu sur mon intelligence ! — (Richard fait un geste de saisissement.) —

Il suffit pourtant de la plus vulgaire péné-
tration pour deviner vos desseins !

RICHARD, stupéfait.

Mes desseins ?...

WASHINGTON, avec mépris.

Je vois que toutes les formes, tous les dé-
tours et tous les rôles sont familiers à l'es-
pionnage !...

RICHARD, d'abord foudroyé, puis éclatant et hors
de lui

Moi, espion ! moi !... — Ah ! Seigneur
Dieu tout-puissant !... Oh ! la mesure est
comble !... — Allons ! que Votre Excellence
ne s'abaisse pas jusqu'à me supplicier de
ses vénérables mains !... Finissons, il est
temps! Qu'on dresse le gibet!...—Espion !...
— (Se souvenant, à lui-même). — Quel trait de
lumière !... — Mais pour qu'on me soup-
çonne d'une telle infâmie, il faut qu'on
m'ait cru capable...— Oui, là, tout à l'heure, je croyais qu'on repoussait un malheureux, et c'était un coupable qu'on pensait
accabler !... — Ah ! mon arrêt est prononcé,
mais, du moins, il n'est pas juste !... —
(Souriant avec exaltation). — Il pouvait donc
se rencontrer une joie au fond de mes ef-
froyables douleurs ! — (Frappé d'une idée). —
Une joie !... J'en puis avoir une autre, une

autre qui guérira mon orgueil blessé, une
autre qui me vengera !...

WASHINGTON, étonné.

Que dites-vous ?

RICHARD, exalté.

Je dis, Excellence, que vous, qui êtes
grand par la renommée, par le génie, par
la vertu, oui, vous, le héros de la patrie et
de l'humanité, vous allez me rendre justice !... — Savez-vous, Excellence, quel est
l'homme qui vous parle en ce moment ?...
Vous croyez le connaître : vous vous trompez ! Non, vous ne me connaissez pas, et
nul ne me connaît, et la preuve, c'est que
je ne suis pas... — (Il s'interrompt brusque-
quement, chancelle et porte la main à sa gorge.)
— Dieu !...

WASHINGTON, avec anxiété.

Vous n'êtes pas ?...

RICHARD, à lui-même.

O lâcheté ! Qu'allais-je faire !

WASHINGTON, le pressant.

Que voulez-vous dire ?... Qui êtes-vous
donc ?...

RICHARD, d'une voix brisée.

Qui je suis ?... — Excellence, daignez
m'excuser : je n'ai plus la tête à moi... La

fatigue, la douleur, la honte... — Qui je suis ?... Un insensé qui doit fuir votre présence !...

Il fait brusquement deux pas de retraite.

WASHINGTON.

Restez, je l'ordonne ! (Doucement.) — Je le veux, Richard !...

RICHARD, saisi, avec un éclair de joie.

Ah ! Votre Excellence a dit : « Richard, » comme autrefois !...

Il revient.

WASHINGTON, ému.

Revenez à vous, et parlez à cœur ouvert.

RICHARD, cherchant à se calmer.

Oui... oui... — Oh ! c'était trop horrible, et je vois bien que votre Excellence n'y croit plus !

WASHINGTON

Voyons... Vous n'étiez pas à West-Point, lorsque...

RICHARD.

Ah ! Dieu ! si, j'y étais !...

WASHINGTON.

Eh bien ! dites-moi tout !

RICHARD.

Tout ?... — (Se calmant peu à peu.) — Oui,
Excellence... oui, tout. — Hier soir, à dix
heures, *il* entra dans ma chambre, pâle
mais résolu, et il me dit : « Richard, c'est
» pour cette nuit. Vous devinez, n'est-ce
» pas ? » — Deviner ! Moi !... Est-ce qu'on
devine ces épouvantables malheurs !... —
Alors, il m'expliqua brièvement je ne sais
quel plan de reddition ; il me parla de sir
Henry Clinton, du major Andrew, d'un
détachement anglais posté dans le voisinage, d'une vice-royauté promise par l'Angleterre, de ma fortune, de la sienne... —
Un rêve affreux !... — Et il me quitta en
me disant : « A minuit ! » — A minuit,
j'étais encore ivre de douleur, fou de désespoir, inerte, me sentant mourir... Ah !
je mourais bien, en effet, à toutes les joies
de ce monde!... — Tout à coup, des bruits
d'armes, des cris, une collision... Je m'é-
lance. On disait : « Il est en fuite... Nous
tenons l'espion... Courez sur la route de
New-York ! » — J'y cours, j'y vole, je le
rejoins. Il s'arrête un instant. Je me traîne
à ses pieds : j'invoque Dieu, l'honneur, la
patrie, la postérité, tous les sentiments de
la famille, toutes les vertus d'un soldat... Je
priais, je pleurais, lorsque, se dégageant
par un effort terrible... — O deuil éternel !...

WASHINGTON, se maîtrisant à peine.

Et vous êtes venu !...

RICHARD.

Je suis venu, Excellence, comptant sur votre pitié, vous demander la faveur de me cacher dans les rangs des soldats de l'indépendance, pour y trouver un asile d'abord, et bientôt une tombe !

WASHINGTON.

Une tombe !... Non, non, Richard ! Il mérite de vivre et d'être heureux, celui dont l'amour de la patrie avait fait un vaillant et dont la trahison vient de faire un martyr !...

Il lui tend les deux mains.

RICHARD, se précipitant sur les mains de Washington.

Ah ! Il me reste encore le cœur de Washington !...

La toile tombe.

ACTE V

—

A Mount-Vernon. — Le décor du premier acte. —
C'est le soir. — Au lever du rideau, un laquais en li-
vrée entre par le fond, portant deux candélabres. Il
dépose l'un sur la table, à gauche, l'autre sur la cheminée, à droite. — Washington et Lafayette paraissent au fond. Le laquais, revenu près du seuil, s'efface
pour les laisser entrer, et ils viennent en scène.

—

SCÈNE I.

WASHINGTON, LAFAYETTE.

WASHINGTON.

Il y a un an, Monsieur, songeant à l'a-
venir, à peine osions-nous dire : « Peut-
être ! » Aujourd'hui, l'avenir est à nous,
l'Amérique a conquis sa place parmi les
nations, et que la France soit à jamais glo-
rifiée pour le secours dont nous lui sommes
redevables !

LAFAYETTE.

C'est à elle que je pensais tout à l'heure,
Excellence. La campagne qui vient d'assu-
rer l'indépendance américaine, la prise de

York-Town, la capitulation de Cornwallis,
une armée entière mettant bas les armes
devant nos drapeaux réunis, certes, ce sont
là des faits qui retentiront dans le cœur de
l'ancien monde et enorgueilliront mon
pays. Mais quelque chose de plus grand
que la gloire elle-même peut résulter, pour
la France, du triomphe de l'Amérique : je
sens que mes compatriotes vont rapporter
chez eux le goût de la liberté.

WASHINGTON.

Plaise à Dieu qu'ils l'allient sagement
au culte de la tradition! Vous avez un roi
honnête homme. Que Louis XVI sache
gouverner, qu'il soit compris de son peuple, et vous assisterez à une magnifique
rénovation de la société française.

LAFAYETTE.

C'est mon espoir!
Le laquais revient par le fond, apportant des
papiers sur un plateau.

WASHINGTON, prenant un pli.

Ah!... Priez le major Green de venir.
(Le laquais sort. — Rompant un cachet.) —
Le Congrès me renvoie les préliminaires
du traité qui doit consacrer notre victoire...
(Offrant le document à Lafayette) —Vous plaît-
il, Monsieur, d'en prendre sur le champ
connaissance?

LAFAYETTE, acceptant.

D'autant plus volontiers que je pars demain.

WASHINGTON, avec regret.

Demain!...

LAFAYETTE.

Ah! Excellence, mes regrets surpassent
les vôtres... Heureusement, j'aurai pour
compagnon de voyage un de vos meilleurs
officiers, que j'aime presque comme un
frère...

WASHINGTON.

Richard? Oui, et j'espère que votre amitié guérira ce cœur si profondément blessé!... (A part, regardant vers la gauche) — Mais
elle, qui la consolera?... (Entre Green par le
fond).

SCÈNE II.

GREEN, WASHINGTON, LAFAYETTE.

LAFAYETTE.

Voici Monsieur Green.

WASHINGTON, à Green, qui salue.

Major, ce pli est à votre adresse, et je
souhaite que vous en soyez content.

Green prend le pli et salue de nouveau.

LAFAYETTE, à Washington.

J'ai hâte de lire ce projet... (Washington prend congé en désignant la droite à Lafayette, et s'en va par la gauche).— Tout à l'heure, major, j'aurai l'honneur de vous demander un moment d'entretien.

GREEN.

A vos ordres, général.
Lafayette sort par la droite.

SCÈNE III.

GREEN, seul ; puis BRUSHOP.

GREEN, seul, ouvrant le pli.

Ma commission de colonel !... — Il y a six mois, bon ! Mais aujourd'hui...
Il jette négligemment le pli ouvert sur la table.

UN LAQUAIS, entrant par la gauche.

Miss Sara Wallace prie Monsieur le major Green de vouloir bien l'attendre ici, où elle désire l'entretenir.

GREEN, saisi

Ah !... — J'attendrai. (Le laquais s'en va par la gauche) — Allons ! me voilà pris entre mon ancien amour (montrant la gauche) et

mon ancienne haine (montrant la droite) —
Tâchons d'être brave !...

BRUSHOP, entr'ouvrant la porte du fond.

Mille pardons, major.

GREEN, brusquement,

Qu'y a-t-il ?

BRUSHOP, venant en scène,

Je venais, major, prendre vos ordres
pour la nuit. Faut-il doubler les sentinelles ?

GREEN.

Qu'importe ?

BRUSHOP.

C'est que, la nuit dernière, les partisans
ennemis, ces coquins de Vachers, ont volé
deux chevaux oubliés sous un hangar...

GREEN, avec humeur.

Est-ce que ces pillards vont continuer la
guerre pour leur compte ?...

BRUSHOP.

Ce n'est pas impossible, major, d'autant
plus qu'ils ont adopté , depuis quelque
temps, une espèce de tactique... Je ne serais pas surpris qu'ils eussent parmi eux

quelques-uns des officiers licenciés après la capitulation de York-Town. Enfin, nous sommes en force !...

GREEN.

Doublez les sentinelles, si bon vous semble.

BRUSHOP

Bien, major. (Il fait un pas de retraite).

GREEN, brusquement.

Sergent Brushop ?

BRUSHOP, militairement.

Major ?

GREEN.

J'ai un service à vous demander... — Je viens de recevoir ma commission de colonel...

BRUSHOP, joyeux et ému.

Ah ! major — je veux dire colonel — que je suis heureux !... Ma foi ! je n'ai plus grand'chose à désirer en ce monde : l'Amérique est libre, vous avez de l'avancement, et l'infâme Jotham a été pendu !... — Et quel service, major, — je veux dire colonel, — attendez-vous du vieux Brushop ?

GREEN.

Connaissez-vous un poste de frontière à
peu près digne de mon nouveau grade, et
où l'on puisse avoir la chance de se faire
casser la tête ?

BRUSHOP, stupéfait.

Plaît-il ?

GREEN.

Indiquez-le moi, je le demanderai à Son
Excellence.

BRUSHOP.

Mais, major, — pardon, colonel, — c'est
insensé !...

GREEN, sévèrement.

Sergent Brushop !

BRUSHOP.

Colonel ?

GREEN, avec mélancolie.

Mon pauvre Brushop, je ne suis pas
heureux !... (Regardant vers la gauche.) Mais,
silence !... La voici !...

BRUSHOP, sur le seuil, à part.

Un poste pour se faire casser la tête !...
(Avec un soupir). — Enfin, ça peut se rencontrer !...

Il sort. Sara entre par la gauche.

127

SCÈNE III

SARA, GREEN.

SARA, venant en scène.

Hier soir, major, quand vous êtes arrivé avec le général et M. de Lafayette, je n'ai pu échanger un seul mot avec vous ; et pourtant, j'avais à cœur de vous demander...

Elle hésite.

GREEN.

Des détails sur la campagne ?

SARA.

J'ai entendu le récit qu'en a fait monsieur de Lafayette à madame Washington, et je sais même quelle part vous avez prise à ces prouesses...— Mais laissons la guerre, pour le moment. — Il y a ici, major, quelqu'un qui depuis la catastrophe de West-Point, est triste jusqu'à la mort !...

GREEN, avec sympathie.

Ah ! miss Ellen ?

SARA.

Vous savez quel malheur l'a frappée, mais vous ignorez, combien elle est désespérée d'avoir méconnu le capitaine Richard...

GREEN.

Pauvre garçon ! nous l'avons tous jugé coupable pendant une heure !...

SARA.

Eh bien ! qu'est-il devenu ? Je n'ai pas encore osé m'en informer, et je tremble...

GREEN.

Rassurez-vous, miss Sara, Richard est encore de ce monde, quoiqu'il ait fait de grands efforts pour en sortir !... Il doit, dit-on, accompagner en France monsieur de Lafayette.

SARA.

Vous parlait-il quelquefois d'Ellen ?

GREEN.

Il ne parlait jamais !

SARA.

Mais il ne la hait point, n'est-ce pas ?...

GREEN.

Oh ! non !...

SARA.

Ah ! major, vous avez bien dit cela !...Je respire ! Et qui sait ?... tout espoir n'est

peut-être pas perdu... (Marchant vers la table)
Qu'est-ce que je vois?...Une commission !...
(Jetant un coup d'œil sur le pli ouvert.) — Colonel ?... — Mon compliment sincère, Monsieur !... Voilà un nouveau sujet de satisfaction. (Riant) — N'abusez pas de ma
bonne humeur, colonel, je serais capable
de vous accorder tout ce que vous me de-
manderiez en ce moment...

GREEN, d'abord saisi, puis se maîtrisant.

Alors, miss Sara, accordez-moi une cor-
diale parole, et recevez mes adieux.

SARA, surprise.

Vous dites ?...

GREEN.

Je ne suis qu'un soldat, comme vous savez, miss Sara, et, n'ayant plus rien à faire
auprès de Son Excellence...

SARA.

En êtes-vous bien sûr ?...

GREEN, hésitant, puis d'une voix ferme.

Oui, miss Sara.

SARA, gaîment.

Vous disiez naguère : « Je ne changerai
jamais ! »

9

GREEN.

Je disais vrai, et c'est pourquoi je pars.

SARA, piquée.

Colonel !... Tout cela n'est pas sérieux, je pense ?...

GREEN.

Miss Sara, l'homme que vous avez distingué m'est tellement supérieur de toute façon...

SARA, avec une gravité comique.

Votre résolution est vraiment chevaleresque. Pour qu'elle dépasse les limites de l'héroïsme, il ne vous reste plus qu'à féliciter votre rival... — (Regardant vers la droite) Et tenez, le voici qui vient fort à propos...

Lafayette paraît à droite. Sara, moitié grave, moitié souriante, le salue cérémonieusement, ainsi que Green, et s'en va par la gauche.

SCÈNE IV.

GREEN, LAFAYETTE.

LAFAYETTE, en scène.

C'est ici, Monsieur, qu'a commencé notre rivalité : c'est ici qu'elle doit finir.

GREEN, ému.

Général, le temps a beaucoup modifié mes prétentions.

LAFAYETTE.

Les miennes n'ont point varié. Je vous ai promis une réparation, et je viens vous l'offrir.

GREEN.

Je la refuse ! A Dieu ne plaise, général, que jamais mon épée se lève sur vous ! Votre vie est sacrée pour tout Américain ! — Si j'ai pu concevoir l'espérance de l'emporter, dans le cœur d'une jeune fille, sur monsieur de Marsan, simple gentilhomme, ou le dessein de me venger de ma déconvenue, c'est que j'ignorais votre vrai nom et les glorieux services que vous aviez rendus à mon pays, sans compter ceux que vous alliez lui rendre. Non, non, il n'y a plus de rivalité entre nous : le colonel Green cèdera toujours le pas au général marquis de Lafayette !...

LAFAYETTE.

Mais, Monsieur...

GREEN, nerveux.

Je vous souhaite tous les bonheurs, général, et ils ne vous manqueront pas, puis-

que vous méritez le cœur de miss Sara
Wallace...

LAFAYETTE.

Halte-là ! Monsieur !... Est-ce que la bi-
gamie est permise en Amérique ?...

GREEN, saisi.

Plaît-il, général ?...

LAFAYETTE.

J'ai la fatuité de croire que madame de
Lafayette ne vous saurait aucun gré de me
pousser de la sorte à un second mariage...

GREEN.

Comment ! vous êtes...

LAFAYETTE.

Marié.

GREEN, joyeux.

Marié !... — (Se reprenant). — Mais alors,
je ne conçois pas...

LAFAYETTE.

Quel rôle était le mien ? Un rôle tout di-
plomatique. J'avais besoin de garder le
plus strict incognito : je l'ai gardé jusqu'à
la fin. Ma frivole galanterie était le masque
de ma politique. Vous vous y êtes trompé
comme tant d'autres...

GREEN, transporté.

Ah ! général, vous me rendez la vie!... Je cours me jeter aux pieds... — (Brushop ouvre brusquement la porte du fond). — Quoi encore?...

SCÈNE V.

GREEN, BRUSHOP, LAFAYETTE.

BRUSHOP, du seuil,

Colonel, on a découvert le camp des Vachers !

GREEN.

Ah! qu'ils aillent au diable!...

BRUSHOP.

Un de nos éclaireurs assure qu'on peut les surprendre aisément.

GREEN, agacé.

Par Saint-Georges! s'ils me tombaient sous la main!...

LAFAYETTE.

Voilà, colonel, une excellente occasion d'étrenner vos épaulettes. — Je vais faire sonner le boute-selle.

Il sort par le fond. Green le suit.

BRUSHOP, arrêtant Green sur le seuil.

En consultant mes souvenirs, colonel, j'ai trouvé, je crois, votre affaire.

GREEN, étonné.

Mon affaire?...

BRUSHOP.

Oui, colonel : un joli poste sur le Mohawk, où l'on a, tous les jours, quelque engagement avec les Peaux-Rouges, et d'où l'on revient couvert de gloire... quand on revient !

GREEN, agacé.

Sergent Brushop !

BRUSHOP, militairement.

Colonel ?

GREEN.

Vous moquez-vous de moi ?... Mais je ne demande qu'à vivre, entendez-vous, et le plus longtemps possible !...

Il s'élance au dehors

BRUSHOP, seul.

Il veut mourir, il veut vivre... C'est à n'y rien comprendre !...

On entend une sonnerie de trompettes. — Washington, donnant le bras à Ellen, et suivi de Martha, paraît à gauche.

SCÈNE VI.

MARTHA, ELLEN, WASHINGTON, BRUSHOP.

WASHINGTON.

Que se passe-t-il, Brushop ?

BRUSHOP, sur le seuil.

Excellence, c'est le colonel Green qui va reconnaître le camp des Vachers.

Il sort et ferme la porte. Washington, Ellen et Martha viennent en scène.

SCÈNE VII.

MARTHA, ELLEN, WASHINGTON.

ELLEN, presque souriante.

Enfin, mon père, nous vous avons reconquis, et pour longtemps, s'il plaît à Dieu!

WASHINGTON.

Et moi, Ellen, j'ai reconquis mon foyer domestique, heureux si je n'y trouvais que des heureux !

ELLEN, répondant à l'allusion.

Croyez-moi, mon père, il n'est pas de chagrin qui puisse maîtriser mon cœur, quand je suis là, entre vous deux !

WASHINGTON.

Tant mieux ! et je voudrais que cette fermeté d'âme fût le partage de tous ceux qui
ont à se plaindre de la destinée, qu'elle se
retrouvât surtout chez un homme qui a
été frappé du coup terrible dont vous avez
souffert.

ELLEN, émue.

Mon père !...

WASHINGTON.

Ah ! je dois l'avouer, Ellen, quoiqu'il ne
manque pas de courage, quoiqu'il ait re-
noncé, comme vous, au rêve si longtemps
poursuivi, il n'est pas assez fort pour ne
s'appuyer, à votre exemple, que sur lui-
même... — (Ellen le regarde avec anxiété). —
Aussi, Ellen, savez-vous ce que je voulais
dire à votre mère, — à votre mère seule, —
avant de vous avoir vue si courageuse ?...
— (Ellen regarde Martha, qui lui prend la main) —
Je voulais lui dire : « Cet homme, qui bientôt quittera pour toujours l'Amérique, et
qui désormais ne saurait vivre heureux,
quoique si digne de l'être, ce déshérité, que
nous avons tous, hélas ! repoussé comme
un criminel, et qui n'a plus ni famille, ni
patrie, ne devrait-il pas emporter dans son
exil une preuve éclatante de notre amitié,

vivifiant souvenir, qui lui interdirait le désespoir et adoucirait l'amertume de ses regrets ?... » — Chère Martha, quelle eût été
votre réponse ?...

MARTHA, d'une voix tremblante.

Qu'il vienne et qu'il reçoive les vœux et
les bénédictions d'une mère !...

Ellen, bouleversée, regarde tour à tour Martha
et Washington, et se jette dans les bras de sa
mère.

WASHINGTON.

Et vous aussi, Ellen, vous auriez la générosité d'accueillir notre ami malheureux ?...

ELLEN, d'abord hésitant, puis d'une voix ferme.

Ne parlez pas de générosité, mon père :
c'est la justice, c'est ma conscience qui
m'ordonne de suivre votre exemple et celui
de ma mère.

WASHINGTON.

Ainsi, Richard pourrait vous faire ses
adieux ?...

ELLEN, par un effort puissant.

Oui !

WASHINGTON.

Et s'il arrivait demain, aujourd'hui, à l'improviste ?...

ELLEN, tressaillant, puis regardant Washington.

Mon père, il est ici !...

WASHINGTON.

C'est vrai ! — (Mouvement d'Ellen et de Martha). — Il est ici, d'après mes ordres, attendant le prochain départ de monsieur de Lafayette pour la France! — Mais point de surprise, Ellen : n'écoutez pas seulement votre cœur, interrogez votre raison, et agissez en conséquence. — (Silence).

ELLEN, avec calme.

Mon père, je suis prête à recevoir la *dernière visite* du capitaine Richard !

Washington lui serre la main, se dirige lentement vers la droite et disparaît un instant.

MARTHA, la prenant dans ses bras.

Ellen, chère enfant, Dieu vous récompensera de votre courage !

ELLEN.

Ce n'est que le courage du devoir !

Washington reparaît, tenant Richard par la main.

SCENE VIII.

ELLEN, MARTHA, WASHINGTON, RICHARD.

WASHINGTON, venant en scène avec Richard.

Vous le voyez, Richard : tous vos amis vous sont restés fidèles !

Richard s'incline.

MARTHA.

Je vous remercie, Monsieur, d'être venu au-devant de la réparation qui vous est due. — (Lui tendant la main). — Mettez dans nos mains l'oubli, et prenez-y le témoignage d'une éternelle amitié !

Richard, incapable de parler, se jette sur la main de Martha, et serre la main qu'Ellen lui tend, à son tour. — Silence.

RICHARD.

Ah ! Madame !... Ah ! miss Ellen !... Soyez bénies comme les anges du Seigneur !...

Il fait un mouvement vers l'extrême droite. Ellen passe à l'extrême gauche. Washington et Martha tiennent le milieu de la scène.

WASHINGTON.

Venez, Martha : laissons toute liberté à ces nobles enfants : c'est peut-être, hélas ! leur dernière joie sur la terre !

MARTHA, faisant un pas avec lui, puis lui saisissant
la main.

Georges !... Si l'amour allait parler plus
haut que la raison,plus haut que l'honneur
même !...

WASHINGTON.

Non ! Elle est votre fille, Martha, et que
n'ai-je un fils comme lui !...

Ils sortent lentement par la droite.

SCÈNE IX.

RICHARD, ELLEN.

RICHARD, regardant autour de lui, à part.

Seul avec elle !... — (Il hésite un instant,
puis marche lentement du côté d'Ellen.) — Miss
Ellen... — non ! — Ellen, comme autrefois !... Si grand que soit mon malheur, je
n'ose plus me plaindre : Washington m'a-
vait défendu de mourir, votre mère vient
de m'encourager à vivre, et vous m'ordon-
nez d'espérer ! — (Ellen fait un mouvement.) —
Oh ! ce que j'espère, c'est l'oubli d'une
faute que j'ai commise contre vous et contre moi-même... — J'ai été plus égoïste que
dévoué ; j'ai vu votre bonheur à travers le
mien ; je n'ai point tenu compte des obsta-
cles providentiels qui se dressaient devant

moi ! Dans ces heures terribles qui ont pré-
cédé mon départ pour West-Point, lorsqu'il ne m'était plus possible de douter...
lorsque je venais d'apprendre... — Ah ! Ellen ! je ne puis tout dire ! — Mais, enfin,
j'ai été faible, j'ai violenté ma conscience,
j'ai fui ma propre pensée... — Des cris de
désespoir, des anathèmes à la destinée, des
folies !... au lieu d'un mot cruel mais sincère, salutaire quoique douloureux !... J'ai
eu peur, et il y a des moments où la peur
est un crime !... — Dieu sait si j'ai été puni
de cette faute ! Mais puisque votre angéli-
que pitié m'a permis de vous en faire l'a-
veu, je vous supplie de m'en accorder le
pardon, sans lequel je ne saurais me ré-
concilier avec moi-même !

ELLEN.

Vous pardonner, Richard, moi qui me
sentais mourir, à la pensée que j'avais pu
ajouter à vos malheurs immérités le poids
de mes injustes mépris ! Mais ne comprenez-vous pas que j'avais besoin de vous
voir pour détester devant vous mon er-
reur !... Ah ! c'est à vous de pardonner !...

RICHARD.

Tout m'accusait !...

ELLEN.

Si l'univers entier m'eût accusée, moi,
vous eussiez repoussé son témoignage !...

RICHARD.

Oh! oui!...

ELLEN.

Et moi, Richard, et moi!... O mon
Dieu!...

Elle se laisse tomber sur un siége, la tête dans
ses mains.

RICHARD, bouleversé, à part.

Ah! aimer, être aimé... car elle m'aime
encore!... et ne pouvoir!...

ELLEN, se levant et essuyant ses larmes, avec un
calme d'abord pénible, puis arrivant à la solennité.

Richard, je sais votre résolution : elle
est digne de vous et de moi ! — Voici la
mienne...

RICHARD.

Ah! je l'écoute à genoux!

ELLEN.

Je vous donnerais ma vie avec joie!...
Mais vous savez bien, Richard, vous qui
avez toutes les fiertés et toutes les noblesses
du cœur, vous savez bien que cette main si
amie et si fidèle, je ne puis la mettre dans
votre main!...

RICHARD, d'une voix étouffée.

Oh! oui, je le sais!...

ELLEN.

Et pourtant, je la soumets à votre loi, je l'enchaîne à votre souvenir : elle est à vous!...

RICHARD, frémissant.

Mon Dieu! mon Dieu!...

ELLEN.

Elle est à vous!... Vous allez en exil; moi aussi, je m'exile de ce qu'on appelle le monde; je renonce à tout ce qui ne sera pas vous, la patrie, ma mère vénérée, le héros qui me nomme sa fille!... Je veux que, chaque jour, vous puissiez dire : « Là-bas, au-delà des Océans, il y a une âme qui m'est fiancée pour la vie et pour l'éternité! »

RICHARD, dans une extase douloureuse et ployant le genou.

Ah ! si je pouvais mourir maintenant !...

ELLEN, lui donnant ses deux mains.

Me comprenez-vous et me croyez-vous, Richard ?

RICHARD.

O divine charité !... — (Il se dégage doucement. — A lui-même, pendant qu'Ellen se recueil-

lant, traverse la scène jusqu'à la table à gauche.)
— Elle dit avec tendresse : « Richard ! »
Elle dirait avec horreur : « Arnold ! » O
nom terrible ! exécrable et éternel fardeau!
— (Relevant la tête.) — Mais pourquoi donc
serait-il éternel ?... Il ne m'appartient pas,
je ne l'ai pas demandé, je n'en veux plus!...
Non !... et que Dieu me châtie si je fais
mal !... — (Revenant à Ellen). — Ellen, écoutez-moi... il faut que je vous dise... il faut
que vous appreniez enfin...

Il s'interrompt, suffoqué par l'émotion.

ELLEN, saisie.

Parlez, Richard, parlez!

Elle le regarde en joignant les mains.

RICHARD, la regardant aussi, comme à lui-
même.

Oh ! tant de loyauté dans ces yeux, tant
de vaillance dans ce cœur!... Et moi !...

Il baisse la tête.

ELLEN, au comble de l'anxiété.

Richard, qu'alliez-vous dire ?...

RICHARD, sombre.

J'allais m'avilir!...

ELLEN.

Non, non ! c'est impossible ! Ah ! je ne

145

doute plus de vous maintenant !... Cédez à votre inspiration!

RICHARD, ébranlé.

Ellen !... mon Dieu !...

ELLEN, suppliante.

O Richard ! c'est le salut, c'est le bonheur peut-être !...

RICHARD, hors de lui.

Ne me tentez pas !... ne me tentez pas !..

ELLEN, lui saisissant les mains.

Au nom du ciel !...

RICHARD, faiblissant, avec terreur.

Dieu !... est-ce que je vais succomber !... (Se dégageant avec énergie.) — Non, jamais !...

ELLEN, éperdue.

Ah !...

RICHARD, se maîtrisant.

Ellen, que la paix règne dans votre cœur, et priez Dieu qu'elle descende dans le mien !...

Il fait deux pas de retraite. On entend une sonnerie de trompettes, puis des bruits confus. Il s'arrête. Au même instant, Sara entre par la gauche.

10

SCÈNE X.

ELLEN, SARA, RICHARD ; puis BRUSHOP.

SARA, entrant.

Quel est ce bruit ? Est-ce que la guerre va recommencer ?... — (Apercevant Richard, au second plan, à droite.) — Vous, capitaine!... Dieu soit loué !...

Le bruit redouble.

BRUSHOP, ouvrant la porte du fond.

Victoire !...

SARA.

Quelle victoire ?

BRUSHOP.

Le camp des Vachers enlevé, en un tour de main, par le colonel Green !... — (Se re-tournant). — Et le voici avec monsieur de Lafayette.

SARA.

Ah !

Elle s'élance et rencontre Green sur le seuil. — Derrière Green, on aperçoit Lafayette.

SCÈNE XI.

Les précédents, GREEN, LAFAYETTE; puis
ARNOLD.

GREEN, radieux, et ramenant Sara en scène.

Miss Sara !...
Il lui baise la main.

BRUSHOP, regardant au dehors.

Qui est-ce qui vient là ?..

LAFAYETTE, apercevant Richard

Le capitaine !... — (Vivement, à Brushop)
— Ne laissez pas entrer !...— (Arnold paraît
au fond, suivi d'un groupe de dragons.) — Ah!...
trop tard !...

RICHARD, apercevant Arnold.

Ciel !...

ELLEN, même jeu.

Arnold !...
Au même instant, Washington et Martha paraissent à droite.

SCÈNE XII.

Les précédents, WASHINGTON, MARTHA.

RICHARD, d'abord atterré, puis s'élançant vers
Arnold.

Mon père !...
Il vient avec lui à l'extrême gauche. — Tous les
autres personnages recsl nt vers le fond, sur un.

geste de Washington, qui vient à droite, avec Martha, rejointe par Ellen, celles-ci restant au deuxième plan. — On ferme les portes.

ARNOLD, avec un sourire amer.

Croyez-moi, Richard, l'heure est venue de me renier...

RICHARD.

Oh ! taisez-vous !... Il y va de votre vie!... Washington aura pitié de moi, vous êtes inviolable !...

ARNOLD, ému.

Richard !...

Il baisse la tête. Au même instant, Lafayette vient à lui par la gauche, et Washington, par la droite.

LAFAYETTE, à Arnold.

Voilà donc ce que deviennent les plus braves, quand ils écoutent l'ambition avant l'amour de la patrie !...

WASHINGTON.

S'il vous restait une âme, Arnold, je vous dirais : Voilà le châtiment ! L'Amérique libre malgré vous, et, grâce à vous, la vie de votre fils vouée au désespoir !

ARNOLD, d'abord écrasé, puis jetant un regard du côté d'Ellen, un autre du côté de Richard, et allant ensuite à Richard.

Richard ?... Aimez-vous toujours ? Etes-vous toujours aimé ?..

RICHARD.

Oui ! mais qu'importe !...

ARNOLD, tressaillant.

Qu'importe ?...

Il fait un pas vers le milieu de la scène.

RICHARD, devinant et voulant le retenir.

Qu'allez-vous faire ?...

ARNOLD.

Il me reste une âme, vous dis-je !...
(Prenant le milieu de la scène, d'une voix haute.)
Devant Dieu et devant les hommes, j'atteste que le capitaine Richard n'a pas le droit
de porter mon nom!—(Mouvement — Exclamations). — Recueilli par moi, à l'âge de cinq
ans, il n'est mon fils ni selon la nature, ni
selon la loi !

RICHARD, entre Arnold et Washington.

O Excellence ! je ne suis pas complice
de cet acte de désespoir !... Si mon père
adoptif me renie, je ne le renie pas, moi!...
J'ai partagé sa fortune, j'accepte ma part
de son malheur !

WASHINGTON.

Arnold, vous rachetez bien des fautes par
cette révélation ! — Je vous laisse à la justice et à la miséricorde de Dieu !

RICHARD, prenant les mains d'Arnold.

Venez, venez !...

ARNOLD, se dégageant.

Richard, je vous prie de respecter ma dernière volonté ! — Quand j'aurai franchi ce seuil, il n'y aura plus ici que des cœurs dignes de vous. Votre place est avec eux, non avec moi ! Restez !

Il marche vers le fond.

RICHARD, désespéré.

Mon père !... Ah ! mon père !...

Arnold se retourne. — Richard lui saisit convulsivement les mains.

ARNOLD, balbutiant.

Richard, je n'ose pas vous bénir !... — Adieu !...

Il s'élance au dehors. — Green et Lafayette retiennent Richard et le ramènent en scène.

RICHARD, accablé.

Ah ! pourquoi me défend-il de le suivre !... Ma vie est elle moins perdue que la sienne !... Plus de patrie, plus de famille !... Seul !...

WASHINGTON.

Seul, Richard ? Vous vous trompez !... — (Richard, saisi, le regarde. — Washington ouvre les bras.) — Entendez-vous, mon fils ?... —

(Richard jette un cri profond et se précipite dans les bras de Washington, au moment où Ellen s'approche, guidée par sa mère. — Washington, tenant embrassés Ellen et Richard.) — Les deux vaillants cœurs ! — O vertus par qui s'élèvent les familles !

LAFAYETTE.

O familles par qui s'élèvent les nations !

La toile tombe.

FIN.

NOTES

—

Il y a, pour l'auteur, une obligation de conscience à définir avec précision le but qu'il s'est proposé en publiant cet épisode historique et dramatique. Peu de mots suffiront.

On chercherait en vain, dans la *Fille de Washington*, une thèse politique, et, d'un autre côté, on s'abuserait fort si l'on croyait y voir une pensée de flatterie dédiée à la République de l'Union, qui a depuis si longtemps déserté les voies tracées par son illustre fondateur.

L'auteur a voulu rappeler seulement deux grandes choses consacrées par l'histoire : le patriotisme américain et l'héroïsme français qui en assura le triomphe. Le patriotisme apparaît dans les figures authentiques ou imaginées de Washington, de Richard, de Green, de Martha Washington et d'Ellen. Le rôle chevaleresque des Français est représenté par ce marquis de Lafayette dont l'extrême jeunesse étonna le monde par les plus beaux élans, et qui devait plus tard, au préjudice de son pays, abandonner sa vie entière et sa gloire à tous les souffles de la Révolution.

Il n'y a rien de romanesque dans la carrière du héros virginien. Washington avait épousé la veuve du colonel Custis, dont il n'eut point d'enfants, mais qui en avait de son premier mariage. De là, le personnage sinon réel, du moins vraisemblable d'Ellen. C'est par Ellen que le cœur de Washington est intéressé à l'action. Il avait, du reste, une grande simplicité de mœurs et toutes les vertus du foyer. Les quelques traits qui retracent sa vie intime et celle de Martha ont été scrupuleusement étudiés sur les modèles.

La trahison d'Arnold, le complot de West-Point, le danger que courut, en cette occasion, la cause de l'indépendance américaine, sont racontés selon l'histoire.

Richard a été créé comme Ellen : il fallait à la pièce, il faut à toute œuvre dramatique, la poésie de la jeunesse et de l'amour. L'auteur a essayé de peindre, dans le développement de ces deux caractères, ce que les nobles passions ont de plus tendre et ce qu'elles ont de plus fier.

Brushop a existé. Dans l'histoire il s'appelle Bishop. C'était un vieux soldat légué à Washington, — avec un cheval de bataille, — par le général Braddock mourant.

Tout le monde sait que Mount-Vernon n'est pas une fiction. La maison se dresse encore sur une colline, aux bords du Potomac. Elle est en bois, taillé de façon à imiter la pierre. Une terrasse élevée, soutenue par des colonnes, occupe toute la façade. C'est là que Washington aimait à se promener, en vue du fleuve, dont les larges eaux forment une baie au pied de la colline, et c'est dans le voisinage de la vénérable demeure, loin des tumultes de la grande République, qu'a voulu reposer, côte à côte avec Martha, le père de la patrie américaine.

www.ingramcontent.com/pod-product-compliance
Lightning Source LLC
Chambersburg PA
CBHW051135260626
47170CB00005B/1821